JAHR DER WANDLUNG

FREDERIKE HENRIETTE MARIE KRAZE

Dies ist einer der stillsten Tage des Jahres. Wir schreiben den 22. September. Ich sitze vor dem weitgeöffneten Fenster meiner Werkstatt. Drüben auf der Wiese liegt die Sonne wie eine große rote Frucht. Zum erstenmal auf der lächelnden Insel meiner Gelassenheit kommt mir der Gedanke, welche Leidenschaft sich hinter Tagen verbirgt, an denen bereits der Geruch des modernden Laubes sich mit dem von Korn und Äpfeln und Rosen vermengt. Ein immer Verhaltenes und Ungelöstes will nicht Ruhe geben. Denn ehe es nicht zum Austrag gelangte, kann der große Abschied nicht die große Verklärung werden.

Solcherlei Gedanken hängen wohl mit dem kleinen silbernen Herzen zusammen, das vor ein paar Tagen zu mir zurückkam. Seit ich es aus dem verblichenen Samtkästchen herausnahm, ist auf dem Grunde meines Gehörs fortwährend ein gleichförmiges, schweres Rauschen.

Wie von einem mächtigen Regen, der zwischen den struppigen Ästen märchenalter Föhren niedergeht. Gerade so rauschte er damals, als das Gewitter den Wald überfiel und Lil mit einem Male in meiner Türe stand. Ich hatte ihr Klopfen nicht gehört über dem Toben. Jetzt stand sie auf der Schwelle des Buschwächterhauses. Wie ein kleiner entsetzter und durchnäßter Vogel stand sie dort. Sie kehrte sich gleich wieder um, weil ihr der Sturm die Tür aus der Hand riß. Nie hatte ich einen so schmalen Hinterkopf gesehen. Daß es etwas geben könnte, so ergreifend wie die leichte Rückwärts- und zugleich Aufwärtsbiegung der Halslinie, hatte ich bis dahin garnicht für möglich gehalten. Eine ganz bestimmte seelische Haltung liegt in dieser Wendung. Auch ein Schicksal zuweilen. Außer bei Maida, meiner weißen Bärenhündin, die ich später in Riga kaufte und mit mir ins Buschwächterhaus nahm, bin ich dieser Linie im Leben nicht wieder begegnet. In der Kunst – meine eigenen Plastiken ausgenommen – überraschte sie mich neulich bei Franz Marcs Tieren. Er muß einmal ebenso stark wie ich diese bestimmte Erschütterung empfunden haben.

Ich hätte übrigens Lust, dieses alles der Reihe nach niederzuschreiben. Wiewohl ich es mit dem Stil nicht gerade leicht habe. Aber seit das Kästchen mit dem kleinen silbernen Herzen für mich abgegeben wurde, habe ich nicht arbeiten können. Ich spiele oft mit dem Gedanken, es aufzumachen. Ein Druck auf die Feder unter den zwei gekreuzten Fackeln genügte. Und vielleicht käme dann alles wieder ins Lot.

Aber – dies ist auch ein Geheimnis. Wie das des sterbenden Jahres: Man steht vor verschlossener Tür. Atemlos. Und trotzdem wagt man es nicht, den Schlüssel umzudrehen.

Vielleicht, wenn ich alles noch einmal durchlebte – jene Zeit, die ich bei mir das Jahr der Wandlung benenne – vielleicht, dann . . .

Das silberne Herz gehörte ursprünglich meiner Mutter. Ich habe es neben die Schale der zartlila Herbstzeitlosen gelegt. Zwischen die schenkende Mutter Gottes und Lilith.

Wie merkwürdig ist das, was mir eben einfällt: Niemals hat Lil mir Modell gestanden! Aber ich habe kaum eine Gebärde der Inbrunst plastisch ausgedrückt, die ich ihr nicht irgendwie verdankte. Jenes bestimmte Jahr – der Kalender vermerkt es ganz einfach unter 1890 – war übrigens das Todesjahr van Goghs. Aber nur vereinzelte Menschen wurden damals von dem tragischen Ausgang dieses Künstlerdaseins erschüttert. Ebensowenig wie sie ahnten, daß zehn Jahre später Rodin mit seiner Ausstellung auf der Place d'Alma vor sie hintreten würde als Titan und vollendet. Nun – wenn ich jenes Jahr noch einmal durchleben will, müßte ich allerdings viel weiter rückwärts gehen mit meiner Erinnerung. Mit meinen Kinderjahren müßte ich anfangen. Sie standen unter dem Brausen der vielen dunklen und hellen Glocken. Der Atem der nahen sarmatischen Ebene strich herüber. Die Hufe Tausender von kleinen Steppenpferden durchzucken sie wie Herzschläge. Da, wo sie herkommt, steht Asien, fremd, uralt, mysterienhaft.

Vielleicht auch sollte ich von dem kühlen, sachlich gerichteten Geist des Elternhauses etwas sagen. Meine Mutter hatte ich kaum gekannt. Aber jeden Herbst hängte ich einen neuen Immortellenkranz um ein blasses Pastellbildchen mit rätselhaften und traurigen Augen. Dann pflegte die gute Agathe mir ein Kreuz auf die Stirne zu machen.

Die gute Agathe erschien mir immer wie ein biblisches Bild. Sie bevorzugte eine bestimmte Art von primitivem Grün, Blau und Karmesin. Diese starken Farben gaben einen schönen Kontrast zu dem glänzenden Schwarz ihrer Zöpfe und den gesunden Farben ihres Gesichts mit den hohen slawischen Backenknochen. Wenn ich beim beschränkten Aufräumen des Kinderzimmers ihr im Wege stand, hieß sie mich in irgendeiner Ecke hinknien und beten. Wenn es der Sturm einmal gar zu unverantwortlich trieb, gaben wir ihm Mehl zu essen, und das Feuer bekam in den zwölf Rauchnächten eine Scheibe Speck.

Die gute Agathe stammte von dem großelterlichen Gut. Sie war meiner Mutter Kindheitsgespielin, hatte sie als Jungfer in die Ehe begleitet, betreute mich nach deren Tod als Kindermuhme und blieb später im Hause als unentbehrliches Faktotum.

Sie war der einzige Mensch auf viele Jahre hinaus, durch den ich vom Fanatismus des Herzens erfuhr.

Die gute Agathe hätte jeden, der mir zu nah kam, kurzerhand erdrosselt, obwohl sie selber mit Katzenköpfen gegen mich nicht geizte. Aber dafür sperrte sie dann sogleich den wunderbaren, mit Rosen und Aurikeln bemalten Schrank auf. Sein geheimnisvoller, etwas dumpfer und unbeschreiblicher Geruch von Kampfer, wächsernen Engeln und Anisplätzchen erschien mir immer wie die Atmosphäre der Heimat zwischen den hohen, kühlen und kostbaren Zimmern des alten Patrizierhauses. Die Anisplätzchen sollten die Katzenköpfe wieder ausgleichen. Aber nur bis zu meinem fünften Geburtstag. An diesem Tage erwachte über einem Säbel und Tschako, die mir eine Patin verehrte, urplötzlich meine Mannheit, und ich bedrohte die gute Agathe mit flammenden Augen.

Übrigens stammt aus jenen Tagen auch meine Annahme, daß des Menschen Gewissen blau sei. In dem Geheimnisschrank befand sich unter anderem ein Buch aus der Jugend meiner Großeltern. Es enthielt lauter Geschichten tugendhaften Benehmens meistens historischer Personen. Irgendwie war ein armer Philosoph in diese erlauchte Gesellschaft geraten. Der hatte sich ein Paar Schuhe auf Kredit gekauft. Als er sie später bezahlen wollte, war der Schuster verstorben, und der Käufer empfand eine heimliche Freude darüber. Aber hinterher reute ihn die Empfindung. Er eilte zurück und schob das

Geld durch den Türspalt. Er war abgebildet in dieser Situation. Sein Mantel war von herrlichstem Blau. Darunter stand: Das Gewissen.

Nun, ich kann über dieses jetzt kurz hinweggehen. Auch über die weißen Mäuse der guten Agathe. Sie fingen an, zu tanzen wie berauscht, wenn ich ihnen pfiff. Nichtsdestoweniger vertilgten sie schamlos meine erste Plastik, ein wächsernes Jesulein.

Vielleicht sollte ich einen bestimmten Wintertag erwähnen, der, zur Zeit völlig unerfaßt, wohl doch in meinem Unterbewußtsein weiter arbeitete.

Wir hatten damals noch diese alten tüchtigen und östlichen Winter. Wenn man auf den Schnee trat, gab er eine Musik, wie wenn man den feuchten Finger um ein Weinglas zieht. Meine gute Agathe – sie war damals gewiß noch stattlich und in erregten Frauenjahren – ging vor Weihnachten gern mit mir auf den Christmarkt. In langen Budenreihen baute er sich um das alte, schöne Rathaus. Diese Buden beherbergten gewissermaßen das Patriziat der Verkäufer, die, fabelhafte Dinge feilbietend, einen festen Boden unter den Füßen und ein Dach über dem Kopfe hatten. Draußen, mitten im Schnee – o wieviel mehr zu beneiden – hielten sich die Kleinen ihres Stammes zwischen Äpfel- und Nußkörben, ein messingnes Kohlenbecken unter den Füßen, von pechschwarzen Zwetschenkerls flankiert, von Waldteufeln umbraust. Wenn man so schritt, jede Bude und jeder Stand in einen geheimnisvollen Lichthof eingegrenzt, Jubel und Gedräng und Erwartung um einen her, über einem die sternüberfunkelte Tiefe des Adventhimmels – hatte man dann nicht Flügel an den Schultern, wie die sich drehenden Lichterengel? »In dulce jubilo«, weißer Samt lag unter den Füßen. Man war völlig verzaubert.

Aber nachher hieß es: Heimgehen! Durch endlose Straßen! Hatte der singende Schnee sich auch in ein böses Tier verwandelt? Er schrie doch plötzlich und biß in die Füße, die man schon sowieso nicht mehr bewegen konnte. Sie waren Eisklumpen geworden, groß wie Füße von Elefanten. Ja, nun, da Sehnsucht nicht länger das inwendige Feuer schürte . . . Aber vielleicht kurz vor dem Tode, wie Moses das gelobte Land, erblickte man von ferne noch einmal die Stube mit den Bratäpfeln und dem Geheimnisschrank.

Um mir neuen Lebensmut zu entfachen, erzählte die gute Agathe dann jedesmal die Geschichte vom heiligen Martin, der nicht allein tapfer dreinschlug, sondern mitten im Winter seinen halben Mantel verschenkte. Das half dann allerdings. Denn tapfer und gut wollte man doch gewiß werden, wenn auch nicht geradezu heilig.

Einmal, ich mochte schon zwölf Jahre zählen und war ein großer magerer Junge, als ich wieder aus dem weißsamtenen Traumlande zu der beißenden Wirklichkeit von 12 Grad Réaumur unter Null erwachte. Ich dünkte mich schon zu männlich damals, um eisige Füße zu erwähnen. Aber gerade als wir an dem dunklen Eckpfeiler einer der vielen alten Kirchen vorüberkamen, stand die gute Agathe plötzlich still. »Gelt, frierst wieder, Peterle, gelt?« Sie bückte sich über mich, und ohne des heiligen Martins zu erwähnen, riß sie ihren eigenen dicken Düffelmantel auf, vom Halse herunter, nahm meinen Kopf in die Hände und versteckte ihn zwischen Mantel und Bluse. »Sollst warm haben bei mir.

Ganz warm!« Sie sprach sonderbar. Ich fühlte das heftige Wogen ihrer Brust, und von einem dunklen süßen Angstgefühl wurde ich wie von Feuer übergossen.

Als Agathe meinen Kopf aus dieser weichen und warmen Haft wieder entließ, hob sie mein Gesicht zu dem ihren. Ich war noch daran gewöhnt, von ihr geküßt zu werden. Aber diesmal kam es mir anders vor. Durch ihre Handschuh hindurch fühlte ich, wie ihre Hände brannten. Die Tränen traten mir in die Augen.

Agathe stieß einen leisen Schrei aus. Sie bekreuzte sich: »Komm,« sagte sie atemlos, »Peterle, komm! Eben hat der Leibhaftige hier gestanden. Gerade neben mir. Hast ihn gesehen? Schnell, komm, eins beten!« –

Sie zog mich in die Kirche, und wir knieten unter dem flammenden Herzen der ewigen Lampe.

Agathe brauchte eine rechte Weile, bis sie den Leibhaftigen wirklich abgeschlagen hatte. Ihr Atem stieß noch immer. Als sie sich beruhigte, sah sie mich zum erstenmal wieder an, schmerzhaft verklärt. Ich rückte näher zu ihr hin. Ich liebte sie wieder sehr. Aber eine heimliche Angst ging mit mir nach Hause.

Sie wich auch nicht, als die gute Agathe an demselben Abend, als sie mich schon schlafend glaubte, zwischen unseren Betten einen Vorhang befestigte. Ich wußte nicht, daß diese Handlung als Symbol sich werten ließ: die Scheidewand hinter der Unbewußtheit meiner Kinderjahre wurde errichtet. –

Ein paar Tage später, als ich aus der Schule kam, hatte die gute Agathe ihre ganze Schlafgelegenheit in die Kammer nebenan einquartiert, und Tante Elvira betrachtete mich durch ihre langstielige Schildpattlorgnette, wie sie die Motte betrachtet hatte, die dem Windlicht zu nahe gekommen war. Sie war die älteste unverheiratete Schwester meines Vaters, die seit dem Tode meiner Mutter im Hause deren Stelle vertrat. Sie redete von ihr immer nur als von der »armen Maria«, was allein schon mich im tiefsten verletzte.

Tante Elvira und Agathe waren so vollkommene Gegenstücke, als hätte die Natur sich vorgenommen zu zeigen, wie weit nach zwei Richtungen hin sie ausschlagen könnte. Agathe, begrenzten Verstandes, genial in allem, was Eigenschaften des Herzens voraussetzt. Völlig von sich absehend und darum keusch selbst in der Preisgabe. Außer bei jenem Erlebnis vor der Kirche erschien sie immer tief einheitlich: dunkel, gebunden, gütig wie Erdmitte, sanft, tragend, unbewußt ihrer selbst. Sie war wie ein sonnebeschienener warmer Rasen, aus dem man hervorbrechen konnte wie ein Baum. Wo sein Wipfel schweifte, würde sie nicht wissen. Aber ewig würde sie seine Wurzel speisen und umfangen mit ihrem ganzen Wesen.

Tante Elvira hingegen? Vielleicht war sie nicht durchaus nach Veranlagung kühl, sondern verstandes-, willens- und erziehungsgemäß. Jedenfalls ohne Hingabe oder Opferfähigkeit, weshalb sie auch der starken sozialen Richtung der Frau ihrer Zeit fernblieb. Als Neigung zu einem Mann hätte aufkommen können, erstickte sie sie bei Zeiten, denn es hätte keine standesgemäße Heirat gegeben. So, niemals erlöst vom

Manne, zusammengebunden mit erregten, aber niemals beglückten und gestillten Sinnen, ohne eine Arbeit oder Begabung, die sie für solchen Mangel hätte entschädigen können, wurde sie dieser bestimmte Typ der Weltdame eines intellektuellen Zeitalters. Elegant, unruhig, unzufrieden, hart urteilend, konventionell, zerstörerisch. Da ihr jede tiefere Eingründung fehlte, hatte sie keinen besseren als gesellschaftlichen Ehrgeiz. Ihr Salon wurde der Sammelplatz bestimmter Tagesgrößen: Finanziers, Lebemänner, Schauspieler, Künstler und Gelehrte gingen bei uns aus und ein. Aber ich blieb fremd unter ihnen. Es waren Menschen, die, selbst wenn sie vorgaben, ideellen Zwecken zu dienen, doch rein auf Befriedigung der Eitelkeit, auf Verdienst und materiellen Genuß eingestellt waren. Jene Zeit, die nur Sensationen kannte, aber keine Erlebnisse, ohne himmlisches Bedürfen, genügsam mit Wissen und Erkennen, blühend in abwegigen Heimlichkeiten, aber verdammender als das Mittelalter, sobald der ungeschriebene Kodex gesellschaftlicher Konvention überschritten wurde, die ganze Brüchigkeit jener Jahre, ihre seelische Armut drängte sich zusammen in den vorderen Zimmern unserer Wohnung, die auf den schönen, stillen Stadtgraben hinausgingen.

Ich mußte ziemlich bald nach dem Auszug meiner guten Agathe aus dem gemeinschaftlichen Schlafzimmer in tadelloser Aufmachung zu diesen bestimmten Abenden erscheinen, um gesellschaftliche Formen zu üben. Es bedeutete Qualen für mich, und meine Befangenheit unter mir so völlig wesensfremden Elementen wurde nicht geringer, als man anfing, mich darüber zu necken, wie vorsichtig ich in der Tanzstunde mit meinen Damen umginge. Ich hatte bisher nicht gewußt, daß ich sie immer auf Armeslänge von mir entfernt hielt. Es mochte mit dem Erlebnis vor der Kirche zusammenhängen. Denn ich spürte irgendeine fremde, zarte Lockung, die von einem durch den Tanz erregten Mädchenkörper ausging. Aber zugleich konnte ich niemals vergessen, daß die gute Agathe den Leibhaftigen neben sich hatte stehen sehen, damals! Und diese Vorstellung neben der Lockung ergab einen süßen, beunruhigenden Schmerz, den ich ersehnte, und für den ich mich trotzdem schuldig fühlte.

Ich betrachte es als ein großes Glück für mich, daß im folgenden Sommer, kurz vor meinem vierzehnten Geburtstag, das Geheimnis des Lebens vor mir enthüllt wurde. In einer natürlichen, sachlichen Art, ohne besondere Erregungen, einfach durch einen längeren Landaufenthalt.

Mit der Frage, ob Beruhigung durch Wissen geboten sei in den Jahren der Entwicklung, beschäftigten sich damals schon viele Eltern und tiefer blickende Pädagogen. Aber man setzte sich noch nicht öffentlich damit auseinander.

Ich kam damals heim von meinen durch Bleichsucht und zu schnelles Wachstum verlängerten Ferien mit einer ganz bestimmten Willensrichtung. Zu schwer und schmerzhaft hatte ich zwischen den zwei Gegenpolen geschwankt, dem rein triebhaft unbewußten Gefühlsleben der Kinderstube und dem kühlen Intellekt der Gesellschaftszimmer. Mich verlangte nach Einheit, nach Eingliederung in ein Höheres, Geistiges, das ich mir zugleich als unendliche Wärme, Glanz vorstellte. Nach Seelenhaftigkeit in einem physischen Erleben verlangte mich.

Natürlich hätte ich alle Empfindungen und Strebungen und Beobachtungen jener Jahre nicht in Worten ausdrücken können, ebensowenig wie ich Tante Elvira, den Vater oder meine gute Agathe damals schon kritisch bewerten konnte, aber im Unterbewußtsein trug ich dies alles ganz wesenhaft und deutlich.

Ich erfuhr in jenen Wochen auf dem Lande auch mein erstes Erlebnis mit der Frau. Es war fast traumhaft vorübergleitend, aber darum vielleicht gerade um so tiefer sich beziehend. Eigentlich bestand das Erlebnis nur in einem Anblick. Es handelte sich um eine Freundin der Hausfrau. Sie hatte auf dem Wege zur Stadt einen Unfall mit dem Wagen gehabt. Während der Stellmacher unsres Gutes ihn in Ordnung brachte, saß sie auf einem beliebten Platz des Gartens, am Ende der Lindenallee, vor der umbuschten Koppel. Ich weiß den Grund nicht mehr, aus welchem ich bestimmt wurde, ihr eine Erfrischung herauszubringen. Ich ging langsam wegen meines Tabletts mit Gläsern und Früchten. Aber ich hätte trotzdem beinahe ein Unglück angerichtet, denn meine Augen waren lange vor mir am Ende der Allee, wo wie im Rahmen eines Bildes die fremde Dame vor mir auftauchte. Sie hatte den Hut abgenommen und saß, der damaligen Mode entgegen, in einem dunklen Kleide mit rundem Ausschnitt vor der gestillten Schönheit und dem Geheimnis einer abendlich verblauenden Weite. Ihr Blick und ihr Lächeln waren ebenso zärtlich gestillt und zugleich geheimnisvoll wie diese Stunde des Übergangs. Ich wußte nicht mehr, sah ich das Gesicht oder das Land oder irgendein Unsagbares, was dahinterstand und doch das gleiche war.

Später wußte ich: es war Mona Lisa. So empfand und gestaltete Lionardo einmal das Rätsel der Frau. Damals saß ich lange auf dem Koppelzaun und starrte in die immer tiefer schattende Dämmerung. In mir war die erste Ahnung einer Glückseligkeit und einer Erlösung, die von der Frau kommen mußte. Und ich tat ein Gelübde, ahnungslos, was es bedeutete: ich wollte mich rein erhalten für das Erlebnis der Liebe.

Meine Zurückhaltung hatte natürlich einen besonderen Reiz für die kleinen Mädchen. Aber ich blieb fest, bis die Erfahrung mit Mieze doch fast alles über den Haufen geworfen hätte, denn hier war eine starke seelische Berührung vorhanden. Das feine, zarte Geschöpfchen – Verkäuferin in einem Geschäft mit Herrenartikeln – war mir leidenschaftlich und bedingungslos ergeben. Aber sie starb an einer Blutvergiftung von heute auf morgen, und das Liebesmoment verband sich mir so innig mit der Erschütterung des ersten bewußt erlebten Todes, daß ich in der Folge die beiden lange nicht trennen konnte.

Es wäre mir noch härter angekommen, dieses zu überwinden, hätte nicht in jener Zeit meine Freundschaft mit Wagus ihren Höhepunkt erreicht. Er war der einzige Mensch, auf den meine gute Agathe zornvoll eifersüchtig wurde.

Helmut Wagus war der Sohn einer kleinen Beamtenwitwe. Er war mit der Mutter erst nach seines Vaters Tode in meine Heimatstadt übersiedelt und wurde in der Obertertia mein Schulgefährte. Neben meiner Länge erschien er wohl klein, um so mehr, als er mädchenhaft zierlich gebaut war. Wir müssen überhaupt immer als Gegenstücke gewirkt haben: seine Beweglichkeit und die lebhaften dunklen Augen gegen meine schlafwandlerischen Bewegungen und das verträumte und wechselnde Grau meiner Iris. Ich hatte sehr früh schon eine Art, malerisch zu sehen, und wiewohl mir gänzlich unbewußt, hatte ich mir Gesichter und Hände meiner Lehrer und Mitschüler, auch die

Art, wie ihre Nägel gewachsen waren, so genau eingeprägt, daß ich ohne weiteres aus dem Gedächtnis sie alle hätte zeichnen können.

Die Hände von Wagus beschäftigten mich sehr oft. Sie hatten einen zwiespältigen Charakter. Nicht in der Art wie die meinen, die ich später als Künstlerhände und Jägerhände zugleich erkannte. Ihr Doppelsinn lag tiefer. Sie waren nicht klein, aber außerordentlich wohl gebildet und erfaßten alles immer nur mit gestreckten, an den Spitzen zusammengeschobenen Fingern: Briefmarken, Brot, ein Messer, Bilder oder andere Hände. Wenn Wagus mit dieser eigentümlichen Bewegung Geld an sich nahm, schien es mir, daß er es damit seiner Ungeistigkeit und Unsauberkeit entkleide. Seine Hände übten einen besonderen Reiz auf mich aus. Überhaupt geriet ich fast vom ersten Tage an unter seinen Bann. Wahrscheinlich aus den Gegensätzen unserer Naturen heraus.

Er war ein glänzender Schüler, tadellos im Betragen, ohne je den Tugendbold zu spielen.

Tante Elvira war sofort von ihm bezaubert. Dieser junge Mensch, der eben noch an seiner Mutter Tisch, die linke Hand auf dem Knie, mit dem Messer gegessen, hatte in kürzester Zeit alle Klippen umschiffen gelernt, die ihn vom Benehmen eines Gentleman trennten. Er bewegte sich bald mit einer so anmutigen Leichtigkeit, als sei er nie etwas anderes gewohnt gewesen. Von jedem, den er sah, lernte er etwas. Jede Schwäche erkannte er auf den ersten Blick und machte sie sich dienstbar. Ich bemerkte das damals noch nicht, mit meiner Veranlagung zum Abseitigen. Und auch jetzt glaube ich wieder, daß er unsere Freundschaft nicht allein als Sprungbrett zu einer höheren Gesellschaftsschicht betrachtete, sondern daß wirkliche Zuneigung, soweit sie bei ihm möglich war, ihn mir verband. Ich lernte ihn zuletzt werten als jener bestimmten Menschenart zugehörig, ohne Plus und Minus des Charakters, eine wohltemperierte Mischung von Gut und Böse, vollkommen um den eigenen Ichpunkt geballt.

Aber von diesen Dingen ist erst später zu sprechen. Und wie ich es auch nehme: alle meine früheren Jahre, alle Menschen und Verhältnisse, alles Tasten, Irregehen, Verzweifeln, Wiederaufraffen und Neuanstürmen – alles erscheint mir doch immer nur als Hinstreben auf dieses bestimmte Jahr meines Lebens. Von ihm wurde alles, was vorher war, aufgenommen, gedeutet, überwunden und entfaltet. Und für alles, was später in mir wurde, ist dieses eine Jahr das Brunnenhaus.

Heut möchte ich ganz nach der Reihe folgende Daten aufschreiben.

Trotz inständiger Bitten, mich der Kunst weihen zu dürfen, tat mich mein Vater nach dem Abitur in ein Bankhaus. Zwei Jahre später geschah das mit Mieze. Als ich im nächsten Sommer mündig wurde, konnte ich mich durch meiner Mutter Erbteil als Herrn eines kleinen Vermögens betrachten. Ich gab den kaufmännischen Beruf auf und zerschnitt dadurch den letzten Zusammenhang mit der Familie. In demselben Jahre verlor ich meine gute Agathe. Tante Elvira war von einer Influenza befallen worden. Agathe pflegte sie aufopfernd, steckte sich an, und Lungenentzündung trat hinzu. Agathe starb an ihrem neunundvierzigsten Namenstag in meinen Armen.

Ich kehrte viele Jahre nicht mehr in die Heimat zurück, die für mich innerlich aufgehört hatte, Heimat zu sein. Ohne mich irgendwie in der Fremde umzusehen, studierte ich auf den Akademien verschiedener bedeutender Kunststädte. Ich meinte, es sei gerade Zeit genug durch die Bankjahre verloren.

Vielleicht hatte ich Unglück mit meinen Lehrern. Den mir gemäßen Meister mochte es schon irgendwo geben. Jedenfalls nach Verlauf dieser Studienzeit fand ich mich angewidert von der Nachbetung eines blut- und seelenlos gewordenen Ideals. Nirgendwo konnte ich einen Keim erblicken, der leidenschaftlich zu verheißen schien. Nirgendwo spürte ich den beruhigten Brodem der Ernte oder die deutenden Verklärungen des Herbstes. Immer und überall nur ein Wiederholen leer gewordener Sprüche, die einmal vor Zeiten sinnvoll waren.

Ebensowenig fand ich Befriedigung, als ich später bei einem anerkannten Meister des Naturalismus arbeitete. Mir schien, daß man diese peinlich exakte Wiedergabe des Natürlichen besser der Photographie überließe. Was nutzte es, die Dinge mit der Genauigkeit moderner optischer Instrumente zu erfassen und zurückzugeben, wenn man vergaß, daß hinter den Dingen das Wesentliche erst anfängt.

Ich hätte damals nicht sagen können, was ich wie verlorene uralte Heimat suchte. Ich wußte auch nicht, daß dem einzelnen derselbe Entwicklungsgang bestimmt ist wie einem Volk, um sein künstlerisches Ziel zu erreichen, das vom menschlichen schließlich untrennbar ist, und daß ich mit einer fest bestehenden klassischen Form nichts anzufangen wußte, weil mein eigenes Chaos als Kristallisationspunkt das eigene Erlebnis verlangte. Ich wußte nicht, daß ich nur dasselbe durchmachte, was vor mir das Schicksal so vieler gewesen war und nach mir an andern sich wiederholen würde: nämlich, daß zu Zeiten, wenn das Stoffliche und das Gehirn die Herrschaft antreten, immer einige bemerkt werden, die sich aus der Reihe bewegen. Die großen Unersättlichen und die großen Gläubigen werden in den dürren Jahren der Seele geboren.

Ich ging in jener Zeit nach Paris, um den Impressionismus an seiner Quelle zu studieren. Aber auch diese Ausdrucksform konnte ich nicht als die mir gemäße annehmen. Diese Kunst, die sich scheinbar der Natur und ihrer Stimmungen so völlig bemächtigt hatte, erschien mir irgendwie der Seele der Natur sehr fern. Ich wußte nicht, daß die Hemmung für mich darin lag, daß meine eigne seelische Haltung bereits darüber hinaus war. Durch irgendein Absonderliches und Geheimnisvolles war ich dem Wandel des Weltgefühls eine Spanne vorausgeeilt. Während die andern noch in der Umwelt das Heil suchten, umlagerte ich bereits das Tor der innersten Kammer und rang um die Form, die meine letzte Geistigkeit empfangen und darstellen sollte.

Zu jener Zeit geriet ich an einen eigentümlichen Menschen, dessen Ideen mich aufs stärkste fesselten.

Er war von der Malerei zur Architektur gekommen. Das heißt, er bezweckte im Grunde nichts anderes, als soziale Ideen in ein anderes Gebiet zu übertragen. Er wollte dem Menschen dienen, im besonderen der benachteiligten Menschenklasse. Allen Menschen sollte eine möglichst gleichwertige schöne, nützliche oder erhabene Daseinsform vermittelt werden. Er schaffte ebenso begeistert an den Entwürfen für

Fabriken, in denen die Würde der Arbeit dargetan werden sollte, den darin Beschäftigten genügende Bewegungsfreiheit, Licht und Luftzufuhr ermöglicht – als er Stühle erfand, die sich in ein Bett und ein Sofa umwandeln ließen. Er zeichnete kühne Brückenbögen, schwindelnde Eisenbahntunnels ebenso wie lange Zeilen von Arbeiterhäusern, bequem und dennoch in der Uniformierung eine gewisse Eigenart betonend. Er wollte Volksbäder anlegen, Gartenstädte, Lesehallen und Sport- und Spielplätze.

War nicht in all diesem die Grundlage für den neuen großen Stil gegeben, nach dem alle so schmerzhaft verlangten? Der vielfältige Ausdruck, die individuelle Gebärde konnten sich wieder von einem Gedanken speisen, von einem Gefühl, das allen zu eigen werden konnte, mußte: von dem Gefühl der Menschenwürde in jedem einzelnen.

Ich war lange benommen von dieser Idee. Sollte auf diese Weise der Fluch von uns genommen werden? Der über uns verhängt war wie beim Turmbau zu Babel? Als die Menschen im Hochmut der Erkenntnis meinten, Gott wieder einmal erreichen zu können, indem sie in seine Geheimnisse eindrangen? Auch in diesem Jahrhundert der Urzelle und der Entschleierungen verwirrte er, der hoch und lächelnd Entrückte, ihre kleine Sprache so völlig, daß der Bruder dem Bruder ferner trat als der Feind dem Feinde. Ich weiß nicht mehr, ob irgendein Ereignis Anlaß wurde, ich weiß nur, daß ich nach einer dumpfen Nacht plötzlich aufwachte mit dem Wissen: dieses ist es nicht. Auch dieses nicht. Die Einsamkeit der Individuen, das Ausscheiden der einzelnen aus der großen Gesamtheit liegt schon viel weiter rückwärts als ein Jahrhundert. Die soziale Idee – gewaltig und notwendig und menschlich zwingend, wie sie ist – kann für die Kunst nicht die Erlösung bringen. Es fehlt etwas dabei. Was fehlt?

Am nächsten Tage ging ich nicht zu dem Meister. Ich schrieb ihm keinen Grund, nur daß ich nicht mehr kommen könne.

Ich arbeitete fast nichts. Ich lief herum. Ich suchte, ich schaute, ich horchte. Ich fand nicht, was ich finden mußte. Ich war am Rande des Wahnsinns.

Damals fiel mir ein Band des Meisters Eckhart in die Hände. Ich saß einen Abend und eine ganze Nacht darüber. Am nächsten Tage holte ich mir von der Universitätsbibliothek, worauf ich Hand legen konnte, an Schriften der Mystiker. Den ganzen Eckhart, Seuse, Tauler, Böhme. In den Urgebieten der Seele suchte ich, wo alles das zu Hause ist, was mit den äußeren Sinnen nicht ergriffen zu werden vermag. Dieses Leerwerden seiner selbst, um ganz erfüllt zu werden von einem Größeren, übte eine schmerzhafte Lockung aus. Auch in der darstellenden Kunst mußten ähnliche Vorgänge möglich sein. Und plötzlich stand es vor mir: Die Bauwerke, geboren aus dem Geist jener Jahrhunderte, mußte ich aufsuchen. Die Gotik kennen lernen an Ort und Stelle.

Ich entschloß mich von heute auf morgen, begann mit dem Magdeburger Dom, und ging über Erfurt nach Naumburg. Nachher hielt mich Franken: Bamberg, Würzburg, die kleinen Städte. Die Hauptanziehungspunkte der Fremden, mit dem Stern im Bädecker, durchpilgerte ich nur bei Nacht und Mondschein, heimlich wie ein Dieb. Aber: Ochsenfurt, Marktbreit, Iphofen, Dinkelsbühl!

Heut kann ich lächeln, wenn ich an die Erregungen jener Tage zurückdenke. Ich litt körperlich. Wie unter der peinlichen Frage. Hatte auch meine Seele vor tausend Jahren vielleicht an einem dieser Orte ein Leibesleben gehabt? Vielleicht ging ich als Steinmetzgeselle damals mit Meißel und Hammer und Lederschurz? Und meines Lebens Beseligung war es, einen Teil dieser Fensterrose am Dom zu bilden? Ich könnte auch das zarte Laubgewirr am Kapital eines Pfeilers gemeißelt haben. Oder schnitzte ich diesen hingegebenen Leib eines heiligen Sebastian? Die Madonna im linken Seitenschiff von St. Georg in Dinkelsbühl – nein, diese habe ich nicht gemalt, wiewohl sie mich anschaute von allen Bildern ihres Schreines wie die Liebe meiner Seele! Aber – das wußte ich gewiß: niemals in jenen Zeiten hatte ich meinen Namen unter ein Werk gesetzt. Namenlos hatte ich gedient, Werkzeug, Glied jenes übermenschlich Einen, den ich doch in mir trug, und den zu verkörpern oder zu verherrlichen meines Lebens Inhalt bedeutete. Ja, dies erkannte ich, und es war wie ein scharfer körperlicher Schmerz: damals, als ich das Schurzfell trug, oder den Glaskolben handhabte, damals war ich erfüllt gewesen bis zum Zersprengen von einem ungeheuren Willensansturm, der dennoch gebändigt wurde von dem Wissen um ein Ziel. Der Weg war fremd und voll Mühsal, aber unverrückt über den Wolken leuchtete der Gipfel des Felsens. Und immer gespeist von diesem Anblick, wurde die Mühsal des Weges Glück. Alle wir Namenlosen, Anstürmenden, wurden zueinander gerafft, miteinander emporgerafft in eine letzte abgründige ewige Wesenheit. Damals . . .

Nachdem ich sieben Wochen wie ein Revenant umgegangen war in den verwunschenen Städten jenseits des Mains, packte ich plötzlich und in eben solcher Hast wie bei der Ausreise meinen Koffer und fuhr nordwärts. Ich hätte mir ein Leid angetan, wäre ich noch länger durch die spitzgieblichen Gassen gewandert hin zu den grauen Domportalen. –

Später in Berlin kreuzten sich meine Wege wieder mit Wagus. Er war dort Prokurist an einer Bank. Daß er daneben auf eigene Hand umfassende Börsenspekulationen betrieb, wußte ich damals nicht. Ebenso erfuhr ich erst später, daß er ein ebenso geschätzter als gefürchteter Kritiker war. Er machte seine elegante Wohnung am Kurfürstendamm zu einem kleinen Museum, und seine Bibliothek war erlesen. Obwohl Dokumente jener damaligen, von dem gewissen Arom der Auflösung behafteten Zeitspanne vorherrschten. Seine Freunde waren erlesen in dem gleichen Sinne, ebenso seine kleinen Festmahle. –

Ich stand sehr schnell wieder unter seinem Bann und bewunderte die elegante und lässige Form, deren Kenntnis er einstmals im Salon von Tante Elvira erworben hatte und mit der er mich damals schon in Schatten stellte. Die Sensibilität und das Traumwandlerische meines Wesens hatten sich nicht verringert, wenngleich ich die Merkmale eines Kavaliers nicht nur durch Erziehung im Wissen, sondern durch lange Erbschaft im Blute trug.

Als Wagus zu mir kam, verlangte er sogleich meine Bilder zu sehen. Ich willfahrte zurückhaltend. Bis jetzt war ein höfliches, achselzuckendes Lächeln immer noch das meiste gewesen, was meine Traumlandschaften mit ihren roten Strömen und amethystenen Bergen mir eingetragen hatten. Wagus war der erste, der nicht sofort höhnend darüber ausbrach. Erst später begriff ich, daß er eine wunderbare Witterung für kommende Erscheinungen hatte, so weit sie sich einmal bezahlt machen würden. Ich schenkte Wagus eine Landschaft in hingebender Dankbarkeit für sein Verständnis, und nahm es mit Freuden an, daß er sich zu meinem Mäzen entwickelte und mir verschiedene Sachen zu einem mittleren Freundschaftspreis abkaufte.

Ich ertrug es sogar, als er eines Tages die Staffelei mit einem bestimmten Bilde, die sonst abgekehrt in einer dunklen Ecke der Werkstatt stand, ans Licht zog. Es war ein Akt. Frauengestalt. »Hattest du ein Modell hierzu?« fragte Wagus zuletzt.

Ich schob die Staffelei hastig ins Dunkel zurück. »Nein.«

»Du solltest vielleicht doch lieber die Anatomie etwas berücksichtigen«, sagte Wagus. »Du könntest schöne Erfolge haben. Es ist nicht klug, dem Publikum gar zu viel zuzumuten. Zuletzt stellt das Publikum die Käufer.«

Allerdings. Das mußte wohl kommen. Nach der Frage von vorhin gehörte diese bewährte Weisheit. Ich schwieg.

»Nun, ich bin doch wohl nicht nur Publikum«, sagte Wagus schnell und herzlich überredend. »Es ist Hingabe absolut. Diese Inbrünstige besäße ich gern. Verkaufst du sie?«

»Nein.«

Das folgende ist kurz gesagt. Wagus kam schon am nächsten Tage wieder. Er bat in einer Art, die gar nicht zu seiner sonstigen Überheblichkeit paßte, das Bild nochmals sehen zu dürfen. Er saß lange davor in starker Anteilnahme. Zuletzt kam die geheimnisvolle Andeutung jemandes, der wohl Anregung zu diesem Bilde hätte sein können. Auch zeigte er sich besorgt um meine Gesundheit. Seit der fränkischen Reise hatte ich jeden Abend Fieber. Ein paar Tage darauf war ich auf sein Drängen zu Frau Kleeberg übersiedelt, und Henni trat in mein Leben. Sie und Wagus zusammen vollbrachten den großen Schnitt.

Heut weiß ich, daß ich ihnen zu danken habe. Denn alles sind Stufen. Dies war die Stufe, die zum Bruch meines Gelübdes hinführte. Aber auch dieses mußte sein, ehe ich reif wurde zur Wandlung in jenem Jahre, als Lil zu mir kam. Denn alles Dunkle, Diesseitige in uns muß einmal Wirklichkeit werden, damit es die Dämonie über uns verliert, oder besser: daß seine Dämonie uns ins Jenseitige umbiegt. Und vielleicht gibt es kein endgültiges Diesseits oder Jenseits, solange die Seele wächst, solange sie im Wirken lebt und noch nicht im Zustand des Beruhens oder Schauens.

Die Mutter von Henni war eine Beamtenwitwe. Henni gab Sprachunterricht. Sie stand in Bildung weitaus höher, aber sie erinnerte mich immer an Mieze. Nur daß sie wie unter dem Bann einer zurückgedrängten leidenschaftlichen Bewegtheit ging, die irgendwie zu mir hinübergriff. Ich konnte seelische Einflüsse in dieser Zeit nicht genügend abgrenzen, so daß Henni eine ständige Beunruhigung für mich bedeutete. Und plötzlich wußte ich: Das Bild! Die Aktfigur, von Wagus die Inbrünstige genannt! Ich sah wieder diese eigentümlich gefangennehmende Geste seiner ungerundeten Finger, mit denen er das Bild berührt hatte. Wir waren nicht wieder zusammen gewesen, seit ich bei Kleebergs wohnte. Er mochte stark in der Arbeit sein. Nun – ein paar Tage später kam seine Verlobungsanzeige.

Am nächsten Abend war Hennis Mutter ausgeladen. Henni brachte mir den Tee. Als sie gegen das Licht stand, sah ich, wie ihre schmalen Schultern zuckten. Ich trat zu ihr. – – –

Am nächsten Tage verlobten wir uns. Ich liebte Henni nicht, aber sie erschien mir aufgetragen. Und in mir selber hatte Einsamkeit ein letztes Maß erreicht.

Frau Kleeberg war sehr glücklich über unsern Entschluß. Die Hochzeit sollte nicht lange hinausgeschoben werden. Mit Henni war eine sonderbare Veränderung vorgegangen. Aus leidenschaftlichen Zärtlichkeiten zu mir konnte sie plötzlich aufschrecken, wie im Verbrechen ertappt, um gleich danach sich mir noch rückhaltloser hinzugeben. In solchen Stunden hätte Unwiderrufliches geschehen können. Aber niemals verließ mich eine eigentümliche Hemmung.

Nach acht Tagen fand ich ein loses Briefblatt von Wagus auf dem Teppich vor meinem Schreibtisch. Ich glaubte, es sei von mir verloren. Ich musterte flüchtig die letzte Seite. Danach gebot es sich mir, auch das übrige zu lesen. In dem Brief versuchte Wagus Henni zu erklären, warum er eine reiche Frau heiraten müßte. Es standen Zärtlichkeiten auf dem Blatt, ohne unechten Beigeschmack. Hier schien Wagus mit dem Herzen beteiligt, so weit es ihm möglich war. Er bat Henni, mir den Weg zu ihr nicht gewaltsam zu versperren. Es sei zu ihrem wahren Besten. Aus allem ging unzweifelhaft hervor, daß Henni Wagus gehört hatte.

Ich wollte eigentlich wieder reisen nach diesem Geschehen. Aber ich wechselte nur meine Wohnung. Ich zog in die Nähe des Schlesischen Bahnhofs und sah das Weltbild von dieser Seite. Ich blieb nicht Beschauer. Ich lebte mein Teil daran. Das Bild der Frau, für deren Art ich mich rein erhalten wollte, war sehr fern gerückt. War es überhaupt vorhanden in der Welt oder nur in der Einbildung eines jungen Narren? Ich erkannte Astarte in diesen Wochen und die Geheimnisse und den Zwang ihres Kults. Ich ging wie ein Schlafwandelnder auf der Todeslinie zwischen den Geschlechtern. Ich mußte wohl auf den Grund aller Zersetzung tauchen. Das zerstörerische Prinzip mußte so unbarmherzig sein Werk an mir vollbringen, daß ich die beiden Tatsächlichkeiten Seele und Leib endlich mit- und gegeneinander werten lernte. Bis jetzt hatte ich immer nur mit der geistigen Seite des Menschen gerechnet, ahnungslos, wie unlöslich Hüben und Drüben ineinander verwurzelt sind. Nun, ich lernte in fieberhafter Hast. Irgendwo – irgendwo – ir–gend–wo . . .

Gab es ein Irgend etwas? Irgendwo? Ja, es gab eines: es gab ein Gefühl der Verantwortung. Wenn ich es heut gekreuzigt hatte, stand es morgen wieder herauf und sah mich an aus blutenden Augen.

Nachher kamen Tage, an denen ich meinem Leben zuschaute wie von einem fernen Stern. Tage, an denen ich mich nicht von der Stelle rührte und nichts tat, als eine Zigarette rauchen nach der andern. Zahllos.

Gut. Es ist gleich überstanden. Dies alles ist sogleich vorüber wie der Alptraum einer Fiebernacht.

Nur noch ein paar Worte, und ich werde versinken in haushohen Schneewehen unter schwarzblauen, funkelnden Nächten. Gleich bin ich so weit, daß ich von diesem wunderbarsten Jahr beginnen darf. Nur daran zu denken brauche ich, und meine Nasenflügel beben. Schnee, Schnee, Schnee! Eis, flaschengrün und klafterdick, das schmale Bett der kurischen Aa auskältend. – Aber Tausturm ist in der Luft. Wie ein Wütender aus Liebe wird er sogleich über das verschnürte und verschmiedete Land herfallen. Die Infrabässe der ewigen Wälder habe ich im Ohr, dunkel und abgründig wie die Falten im Sturmmantel Gottes. Ja, was ist es doch, daß ich wie ein Kranker mich nach meiner Hütte aus mannsdicken Föhrenbalken sehne? Es ist noch Winter, Lil. Noch hat der Auerhahn nicht zu balzen begonnen, und die Schnepfe ist noch fern. Ferner noch ist der Geruch von Wermut und blauem Thymian, sind die Abendhimmel wie brennende Wickingschiffe und die weißen, singenden Nächte. Fern bist du selber noch, Lil – wie fern! Aber, daß ich dich nur erwarte! Daß ich nur da bin, wenn du an die Tür klopfst! –

Der Faschingsabend gab den Ausschlag. Wer nennt mir eine Erfindung, trostloser als Fasching in Berlin! An welchem Abend und an welchem Ort käme die tödliche Krankheit einer sich zersetzenden bürgerlichen Gesellschaft hoffnungsloser zum Ausdruck? Denn hier fehlte sowohl das hinreißende Selbstvergessen heißerer Blutmischung als das ebenso leidenschaftliche carne vale! Wie eine große Grimasse erschien mir diese letzte, wild und zugleich ermattet aufzuckende Woge eines gezeichneten Lebens. Keine dunkel verhüllten Altäre der Fastenzeit standen dahinter und nicht das große Miserere.

An dem erwähnten Fasching war ich den ganzen Tag nicht aus dem Hause gekommen. Außer den üblichen Zigaretten, Tee und einem Glase Absinth hatte ich nichts zu mir genommen. Es war nicht mehr weit von Mitternacht, als mich plötzlich irgend etwas aufzurufen schien.

Ich riß mich zusammen und nahm aus meinem Schrank ein sonderbares Ding von Anzug. Die kleine Mieze hatte es mir einmal nach meiner Angabe mit fliegender Nadel zurechtgeschneidert, als ich in einem lebenden Bilde den traurigen Narren darstellen sollte. Es war ein gewöhnlicher Pyjama aus roher Seide, um Hände, Hals, Hüften und unter den Knien breite plissierte Volants aus schwarzem Chiffon, dazu eine dem Kopf eng anliegende schwarze Kappe. Ich hatte den Anzug als Erinnerung an meine kleine Freundin bewahrt. Es wurde mir schwer, ihn anzuziehen. Ich hatte schon mehr als drei Wochen meine Wohnung des Abends nicht mehr verlassen. Aber ich handelte wie unter einem Zwang.

Ich fuhr quer durch Berlin in eines der überhitzten Lokale am Kurfürstendamm. Es schwoll über von aufregender Musik, kalten, witzlosen und völlig eindeutigen Scherzen, dem Geruch von Puder, grellen Parfüms und halbentblößten und erregten Frauenkörpern. Es war außer in Preisen und Aufmachung nicht sehr viel Unterschied zwischen den Vergnügungsstätten der zwei Himmelsgegenden West und Nord. Nur daß sich der Preisgabe hier durch Raffinement jener Geschmack von haut goût beigesellte, den der primitivere Norden nicht kannte. Als ich mich zufällig in meinem Kostüme in einem Spiegel erblickte, erschrak ich. Die vergangenen Wochen hatten alle Farbe aus meinem Gesicht genommen. Ich sah aus wie der Tod:

Carne vale.

Die Frauen waren dem Pyjama hinterdrein wie die Tollen. Ein Gefühl physischer Übelkeit bemächtigte sich meiner. Ich war keine Stunde dort, als ich den Ausgang suchte.

An der Tür faßte mich Bergfeld am Arme. Wir hatten vor Jahren in demselben Berliner Bankhause gearbeitet. Er war ein ernster, angenehmer Mensch mit künstlerischen Interessen. Der einzige von meinen früheren Bekannten, mit dem ich mich hier und da noch einmal traf. »Dir ist es auch über«, sagte er.

Ich nickte, als er mich unter den Arm faßte. Wir wußten beide, es war nicht nur der Saal und die Maskerade.

Wir schlenderten den Kurfürstendamm herunter. Plötzlich, mitten unter dem wilden Licht eines elektrischen Lampenbogens: »Hör' mal,« sagte er, »hättest du Lust, ich muß morgen nach Riga. Geschäftlich. Ich habe dort einen guten Bekannten, der im Kurländischen einen Besitz hat. Halber Urwald. Ich war früher einmal dort zur Jagd. Ich könnte mich eine Woche freimachen. Es gibt noch Wölfe daherum.«

Ich wußte damals noch nicht, daß ich von einem Vorfahren meiner Mutter die Jagdfieber im Blute habe und eine verborgene Sehnsucht nach dem Brausen der ewigen Wälder. Ich fühlte nur, wie plötzlich etwas in mir nachgab und zugleich sich anspannte. Irgendein ferner Ton schien in der Luft. Ich wußte nicht, ob er harfte oder gellte. Jetzt eben spüre ich sie wieder, die Erschütterung dieses Augenblicks unter den Bogenlampen auf dem schwarzen glitschigen Asphalt.

»Ich komme mit«, sagte ich nur und ließ mir Bahnhof und Zug nennen.

Am nächsten Morgen früh um acht fuhren wir.

Der Bekannte von Bergfeld, das Stadthaupt von Riga, hatte uns aufs zuvorkommendste ein paar Zimmer des Gutshauses von Gedingen zur Verfügung gestellt. Er selbst wohnte mit seiner Familie Winters über in der Stadt. Zur Zeit der großen Herbstjagden war er draußen. Unsere Verpflegung und Bedienung machte keine Schwierigkeiten. Der Verwalter, Kutscher und einige Leute waren doch immer dort. Aber während wir die Angelegenheit besprachen bei einem ausgezeichneten Frühstück, erhöht im Reiz durch die Anwesenheit einiger schöner und geistvoller Frauen, schien plötzlich wieder dieser seltsame Ton aus der Ferne zu kommen, wie ich ihn empfunden hatte ein paar Tage vorher unter den elektrischen Bogenlampen auf dem schwarzen, glitschigen Berliner Asphalt. Dieser harfende und gellende Ton. Und ein verhülltes Ungeheure schien sich plötzlich aufzurichten. »Gibt es nicht irgendein Forsthaus in der Nähe?« fragte ich. »Eine Jagdhütte? Ich meine, irgendeine verlorene Einsamkeit?«

Die Dame des Hauses, die bisher nur gesellschaftliche Liebenswürdigkeit zur Schau getragen hatte, sah mich plötzlich aufmerksam und nachdenklich an. Während der Bürgermeister bedauerte. »Das Buschwächterhaus, Cäcil«, sagte sie unvermittelt: »Beim Widelsee, im Dumbrower Forst!«

Unser Gastgeber wollte sich nicht einverstanden erklären. Es sei allzu abgelegen und wirklich etwas unmöglich für mehr als ein bis zwei Tage. Seit den Zeiten Rottmanns habe niemand mehr dort gehaust, und selbst Rottmann . . .

»Ich glaube, es ist ganz das, was Herr Olph sucht«, sagte Frau Kroug. Und wieder traf mich dieser aufmerksame, nachdenkliche Blick.

»Ich glaube wirklich, es ist es ganz!« wiederholte ich. Mir schien, ich antwortete niemand am Tisch, sondern einem fernen dunklen und bestimmenden Schicksal.

So wurde ausgemacht, daß Bergfeld und ich eine Woche auf Gedingen verleben würden. Wenn er abreiste, mochte ich es halten, wie ich wollte, Gutshaus und Buschwächterhaus, beides stand mir zur Verfügung.

Während dann Bergfeld in Riga seine Geschäfte abwickelte, durchstreifte ich die Stadt und machte ein paar Einkäufe für meine Klausur, zu der ich fest entschlossen war. Dabei war fortwährend dieses seltsame Gefühl über mir, das entspannte und zugleich bis ins letzte erregte. Alles, was ich hinter diesen Meilen und Meilen voll glitzernder Schneemassen zurückgelassen hatte, schien jetzt bereits so völlig versunken, als wie in einem andern Leben geschehen. Aber das Eigentliche, das Ausschlaggebende würde doch erst beginnen.

Ich ging in einem eigentümlichen Zustand durch die Stadt. Traumgebunden auf der einen Seite und zugleich geschärft in allen Aufnahmefähigkeiten, als hätte ich Absinth getrunken. Nicht nur Auge und Ohr, jede Pore empfing und jeder Nerv. Aber ich selber schien alledem sehr ferne.

Diese Stadt war wie ein Märchen im blauen Schneelicht verwolkter Mondscheinabende. Aber man konnte sich entsetzen, wenn die wahnwitzige Blendung einer eilenden Mittagssonne sie in zwei Hälften zerspaltete und die obere jäh in den Raum riß. Dann erschien sie wie ein seltsames und unergründliches Doppelwesen. Denn selbst diese Mittagssonne war nicht imstande, die Sohle dieser engen, schluchtartigen und gewundenen Gassen zu berühren, die wie eingewühlt in den Erdgrund erschienen, und wie der Bauch der Erde uralten Fluch heimlich nährten oder ausspien unter die Menschen: Das Gold! –

Die Spitzen der Giebel bestürmten mit ihrer Sehnsucht den Himmel. Aber hinter jedem Fenster des Erdgeschosses brannte selbst um Mittag eine trübe Gasflamme, und Zahlen, eilig und widerwärtig wie Insekten, rannten die Seiten der riesigen Bankbücher herunter zum Gesang des Goldes.

Ja, dieses alte Europa war krank zum Sterben. Selbst hier, wo es sich mit Asien berührte.

Wo war das Land der Erde, aus dem die Erlösung der Menschen kommen könnte? Oder war es vergeblich, Schiffe der Sehnsucht nach ihm zu entsenden? War es vielleicht ein Land der Seele, das allein in Betracht kam? Das jeder für sich selber entdecken mußte? –

Dann drängte ich mich aus dem Gewühl der engsten Gassen, um im Strom und Gefäll der ein wenig breiteren beinah den Boden unter den Füßen zu verlieren. Aber ich kämpfte um meines Schicksals Auswirkung. Hier waren die Läden. Ein Pelz aus Schaffell, Vlies inwendig, mußte erhandelt werden; desgleichen ein Fußsack, Schillersches Maß. Denn es schien mir genügend, wenn Bergfeld die Güte unserer Gastgeber nach dieser Richtung hin für sich allein in Anspruch nahm.

Nun brauchte ich noch hohe Filzstiefel, Eßvorräte, Tabak, Lichte und was sonst noch benötigt werden mochte in einem Buschwächterhause, fünf Stunden Fahrt vom nächsten Menschenwesen.

Am dritten Morgen, gerade als vor dem Hotel Petersburg, unserm Absteigequartier, das Gepäck verstaut wurde, kam das Telegramm; Bergfeld mußte noch an demselben Abend nach Berlin zurück. Seinen Vater hatte der Schlag gerührt.

Ich bestieg meinen Schlitten allein. Es war ein Tarantaß, auf eisenbeschlagene Kufen gesetzt. Als ich die Ohrenklappen meiner kalbfellenen Mütze zuband, wie ähnliche aus Sammet die gute Agathe mir oft genug unter dem Kinn zugebunden hatte, als ich ein kleiner Junge war, spürte ich wieder dieses seltsam Lockende und Losgebundene, das mich in Berlin überfallen hatte, als Bergfeld zuerst »davon« sprach. Ich zog den Fußsack aus Schaffell bis an die Brust herauf und setzte meinen guten Doppelbüchsdrilling mit hinein wie einen Kameraden. Irgendein Urweltliches in mir hörte ich ganz laut und tief Atem holen. In diesem Gefühl, das ich gar nicht beschreiben kann, dachte ich kaum noch an Bergfeld, wiewohl sein Schmerz vor kaum einer Stunde mir wirklich nahegegangen war. Ich wußte, daß eines guten Sohnes Trauer ihn ganz erfüllte. Aber mir war alles versunken, was dahinten lag. Nichts war in mir als Jubel, daß ich dieses Neue sogleich und allein antreten würde: die Schlittenfahrt, das Buschwächterhaus, die Wälder, die Wölfe und das ganz Undeutbare, was dahinter stand.

Daß ich im Gutshaus nur für eine Nacht absteigen wollte, war bei mir ausgemacht. Der Schlitten, der mich nach Gedingen gebracht hatte, sollte nach Riga zurückkehren. Der

Krougsche Kutscher würde mich weiter fahren. Seine Tochter mochte uns begleiten und die erste Reinigung vornehmen. Auch eine Ziege sollte ich mitbekommen und einen Hund. Einen Rüden aus dem Zwinger. Ein Keiler hatte ihm die Weiche aufgeschlitzt bei der Novemberjagd. Er war von der deutschen Verwaltersfrau lange gepflegt worden und hatte sich an Menschennähe gewöhnt. Er hieß Sikras. –

Der Kutscher, ein Russe, versicherte, sein Pferd würde mit dem Schlitten fünfzehn Werst die Stunde machen. In der Glocke am Krummholz schienen alle Glocken meiner Kindheit zu läuten: dunkel wie Abgrund, verwirrend wie ein Hagelsturm, armselig wie zum Sterben und ganz hold und unaussprechlich hoch und fern. Je nachdem der Traber, der Schlitten mit dem Kutscher, allen Vorräten und mir selber durch seetiefe Pfützenlöcher sprangen, auf deren Grund eine grüne Schlange scharfe kleine Schreie ausstieß, ob wir ein verschneites Eisgebirge im Sturm nahmen oder wieder beruhigt in pfeifender weißer Unendlichkeit einherflogen. Denn kurische Wege sind, wenngleich nicht beschotterte und gestampfte Chausseen wie bei uns, dennoch gut und durch Granitschüttung widerstandsfähig. Aber ich weiß nicht aus welchem Grunde, es wäre denn ein langer heller Flaschenhals gewesen, der aus des Kutschers Schafpelz heraussah, in jedem Falle waren wir auf einen wenig befahrenen Nebenweg geraten, den es zu überwinden galt. Der kleine struppige Fuchs, der zuerst wie ein Waschkessel gedampft hatte, war wie mit einer Glaskruste überzogen. Seine Mähne starrte in Zacken, und aus den Nüstern ragten lange weiße Zapfen wie Zähne. Er sah vorweltlich märchenhaft aus. Sein Herr gab ihm allerlei ehrenvolle Beinamen wie Student oder Ispravnik. Als er sich bis zum Gouverneur verstiegen hatte, war es gelungen: das schwer arbeitende Tier stemmte die Vorderhufe auf den richtigen Fahrweg, und die versprochenen fünfzehn Werst in der Stunde wurden zur Wahrheit.

Gegen Abend waren wir in Gedingen. Ich wurde höflich empfangen. Meine Ankunft verursachte kein besonderes Aufsehen. Vom Stadthaupt, das zuweilen einen Jagdgast draußen hatte, waren wir gemeldet.

Als ich das Buschwächterhäuschen als Ziel angab, versuchte man, mich von diesem Gedanken abzubringen. Warum ich nicht im Herrenhaus bleiben wolle? Im Winter sei es unmöglich dort draußen für jemand, der Land und Witterung und Jägerleben nicht gewohnt war.

Aber ich bestand darauf, aß gut zu Abend, schlief fest und traumlos, machte am nächsten Morgen mit Hilfe des deutschen Verwalters und seiner Frau meine Vorbereitungen, und gegen zehn Uhr verließ ich Gedingen.

Sie hatten mir einen großen, sechssitzigen Schlitten gegeben. Er wurde ganz gefüllt von Menschen, Ziege, Hund und Gepäck. Der lettische Kutscher hieß Upsau. Seine Tochter Milda sah aus wie ein kleines graues Tier. Nur ein wenig Wange, Nase und Mund waren sichtbar zwischen ihren Mützen und Tüchern und ein Paar Augen, stumpf wie Multebeeren. Sikras, der Hund, drückte sich fest gegen meine Knie. Die beiden Mitfahrenden lehnte er ab. Er war noch nicht wieder eingelebt im Zwinger. Ich weiß nicht, war es meine Sprache, oder spürte er die Rasse, die ihm wohlgetan hatte. Es war ein kurzhaariger Vorstehhund, mittlerer Größe. Der trockene Kopf mit der breiten, klugen Stirn, der kräftige, im Nacken leicht gebogene Hals in den strammen Rücken übergehend, die tiefe Brust, die kräftige Hinterhand und der gütige Ernst seiner braunen Augen waren Zeichen seiner reinen Rasse. Eine Eigentümlichkeit war sein Haar: braune Platten auf blauem Grund. Erst sehr viel später sollte ich erfahren, von welcher erlauchten Ahnfrau er abstammte. Zwischen uns war die Liebe auf den ersten Blick. Wie viel später einmal zwischen Maida und mir. Maida war anschmiegender. Wie es sich für eine Hündin gehört. Aber Sikras . . . nun, davon zu sprechen, hat noch Zeit.

Das Buschwächterhaus lag etwa fünfzig Werst von Gedingen. Wir hatten wieder ein stolzes Dreigespann. Den Traber in der Mitte und zwei Seitenpferde. Wir zerrissen die Unendlichkeit weißer, verschneiter Äcker und das sanfte Graulila kleiner entlaubter Arischniaks. In den Dörfern, armselig wie ausgestreute Bettelmünzen und zugleich märchenhaft durch die seltsam irisierenden Fensterscheiben, kläfften ganze Rudel wütender Hunde hinter uns drein, und schon wieder hatten die weißen Schauer der wie von tausend Brillantsplittern durchzuckten Unermeßlichkeit uns aufgenommen.

Gegen zwölf Uhr war es, als ob das Licht plötzlich ausgelöscht wurde. Dicke Wolken, trächtig von Schnee, krochen mühselig am Himmel herauf. Wenn sie zerplatzten . . . Gerade in dem Augenblick, als sich am Horizont ein dunkler Strich abzeichnete, von Geheimnis umblaut, gerade da begann es: der Schnee stiebte. Er stürzte sich über die Welt, wie ich es noch nie erlebt hatte. Er fegte von oben herunter, biß ins Gesicht, stieß in Nacken und Flanken. Ja, kam er nicht aus der Erde heraufgesprungen wie einer, der völlig den Verstand verlor? Nun war die Welt ein großer grauer Sack, der zugeschnürt wurde. Wir in unserem Tarantaß waren das Lebendige in diesem verschnürten Sack. Wir und die Scharen kleiner funkelnder scharfer Nadeln. Dies war Winter im Baltikum!

Aber was konnte Upsau wohl meinen, als er fragte, ob wir nicht doch noch umkehren wollten. Umkehren? Dicht vor dem blauschwarzen Strich am Horizont? Nun mußten wir doch schon ganz nahe sein! Die Wälder! Die Wälder!

Ich hatte wohl lange in der steinernen Stadt gelebt. Aber meine Augen waren die meilenscharfen Jägeraugen jenes fernen Urahn. Es dauerte noch eine Weile. Aber – nun sind wir da. Das blauschwarze Geheimnis mit seinen Schneelasten rauscht über unserem Schlitten zusammen.

»Das Buschwächterhaus, Upsau?«

»Eine Stunde, Herr!«

Es dauerte allerdings beträchtlich länger. Wer konnte wissen, daß die uralte Föhre wie ein müder Kämpe sich quer über den Weg gelegt hatte?

Aber nun: da ist es! Da ist es! Das Haus wie eine Höhle in die eisenstarre Waldwand eingesprengt! Die Wiese davor, wie hätte ich ahnen sollen, daß sie einmal so leidenschaftlich blühen könnte? – Wohlan!

Das Buschwächterhaus bestand aus einem Ofen, groß wie eine Festung, umgeben von einer Stube. In der Stube befand sich ein rohgezimmerter Tisch aus Föhrenholz, eine Bank mit Matrazen aus Birkenblättern, desgleichen ein Bettschragen, ein buntgemalter

Schrank mit Geschirr und allerlei Geräte und Werkzeuge, wie ein Mensch in der Einsamkeit sie wohl gebrauchen kann. Was mich am meisten interessierte, waren verschiedene Angelruten, ein paar Flinten wie aus den Zeiten des schrecklichen Iwan, ein Fernrohr und eine Drechselbank.

Die Stube hatte etwas seltsam Verwunschenes und Höhlenartiges. Dieser Eindruck wurde noch verstärkt durch kleine blasige und irisierende Fensterscheiben. Zu öffnen waren die Fenster nicht, man hätte sie herausreißen müssen; jede Ritze war fest verklebt. Die Luft in der Stube war säuerlich und Übelkeit erregend, wie in dem kleinen Kruge unterwegs, wo wir angehalten hatten. Der letzte Bewohner schien den Machorka zum Gefährten erwählt zu haben. Als ich mich noch mit dem Öffnen der Fenster abplagte, kam Upsau herein, den Arm voll Holzkloben. Eigentlich wollte er eine junge Föhre fällen; aber er hatte hinter dem Hause noch einen schönen Holzvorrat entdeckt. Ein Strom Kälte kam mit ihm hereingesprungen wie ein großes weißes und ausgelassenes Tier. Er brachte mich fort von meinem Fenster. Wir ließen die Türe auf. Milda und Upsau kauerten vor dem riesenhaften schwarzen Maul des Ofens. Obgleich er mit Kienholz, gelb wie Honig, versucht wurde, blieb er verstockt. Plötzlich schien ein Krach seine störrischen Eingeweide zu zerreißen. Maßlos wie alles hierzulande, spie er eine Wolke schwarzen Ruß mitten in die Stube. Dann bekannte er sich zu seiner Bestimmung.

Ja – nun begann in meinem Leben die Epoche der uralten Föhrenklötze. Wenn statt meiner die große Flut über diesen Wald hergefallen wäre, viele hundert Pfunde Bernstein hätten einmal von ihm berichtet. Nun ging allein die Seele dieses Bernsteins im Hause um. Wie heilige Dämpfe aus einer Schale voll Ambra.

Als Milda aus ihren ungezählten Jacken und Tüchern sich herausschälte, bemerkte ich das Schlaffe ihrer Brüste trotz ihrer Jugend und die Breite ihrer Hüften. Ihre Gestalt war wie die einer Frau, die viele Kinder geboren hat; Kinder, in Dumpfheit empfangen, in Mühsal getragen, in Not gesäugt und früh begraben. – Das Schicksal aller ihrer Elternmütter schien bereits vorgebildet in diesem halben Kinde. Auch die Haut des Gesichts war matt und schlaff. Ihre Augen von dem stumpfen Schwarzblau der Multebeeren hatten etwas Ergreifendes. Trotz der Schwere ihrer Gestalt bewegte sie sich schnell und nicht anmutlos auf ihren Schuhen aus Birkenbast. Sie erzählte, daß die Kälte in diesem Winter sehr früh und sehr schnell eingesetzt habe. Schon im November seien die Wölfe rudelweise bis an die Dörfer gekommen, allerdings nur in der Nacht. Ihr Heulen ging einem durchs Herz. Einmal am Morgen fehlte ein Stierkalb, ein schöner schwarzer Motschenstier mit einem weißen Augenfleck; ein andermal eine Stute oder Schafe.

»Menschen? Auch Menschen, Milda?«

»Nein, Herr, Menschen nicht.« Ihr unschönes Gesicht lächelt sanft ergeben; wie sie mich ansieht! Täusche ich mich? Oder ist etwas vom Leiden der Kreatur in diesem Blick?

Ja, nun aber kocht das Wasser im Samowar. »Nicht so dünn! Laß mich selber! Du bist zu vorsichtig mit den Teeblättern, Milda! So. Nun wollen wir uns stärken für die lange Einsamkeit!«

Ich wußte damals noch nicht, daß Upsau ein Wasserglas voll Branntwein heruntergießen konnte als wäre dieses siedende Feuer ein Honigsud. Ich füllte ihm das kleine Glas von der Sorte, wie die Verwaltersfrau mir drei Stück eingepackt hatte, als ob ich Gäste traktieren sollte, schon wenigstens zum zehnten Male. Als er sich ein rundes Dutzend einverleibt hatte und die Grütze, das Brot und ein Stück gesulzten Schweinskopf, genügend zum Wochenbedarf für mich, fing er an die Geschichte vom Dickwanst. Dies ist ein lustiger Lettenschwank von einem, der, soviel ich mich erinnere, einen Bottich mit Grütze verzehrte, dazu einen Kübel Erbsen, einen großen Fisch, drei Liespfund Heringe und vier Laib Brot, und der es grade eben aushalten konnte vor Hunger.

»Ja, Upsau, und wenn nun die Zeiten erbärmlicher waren?« Upsau zwinkerte mit den Augen. »Nicht doch, gnädiger Herr! Dann schlug er die Falten von seinem Bauch wie einen Mantel zusammen und schnürte ihn fest, daß er nicht heruntersackte.«

»Noch ein Stück Schweinskopf, Upsau?«

»Drauf und dran, gnädiger Herr!« sagte Upsau und erzählte die Geschichte vom Herrn und vom Vogt, und wie die Litauer Salz säeten. Als er das letzte Gläschen Branntwein aus der Flasche bekommen hatte, fing er an zu singen: »Wer weiß, wie nahe mir mein Ende . . .« Sein rotes Gesicht bekam etwas Klägliches. Die dicke Unterlippe hing herunter wie bei einem weinenden Kinde. –

»Um des Himmels willen, Upsau!« – Er ließ sich nicht unterbrechen. Aus dem heiteren Fluß der Schwänke war er in das Meer uferlosen Kummers eingefahren. Aber als ich noch dachte: welcher Wind treibt mir dieses Schiff wieder in frischere Wasser? – Was blitzte da plötzlich unter den buschigen Brauen wie die Schärfe eines Äxtchens, warum überlief es mich plötzlich vom Scheitel bis zur Zehe, als schlage eines ungeheuren Schicksals unerbittlicher Flügel? Nun, es geschah dreimal in jenem Jahr, daß ich glaubte, in einem Lettenauge das Äxtchen blitzen zu sehen. Noch dreizehn Jahre waren hin bis zum Ausbruch der Revolution.

Ich schenkte frischen Tee auf. Als Upsau wie eine Badestube dampfte, vergaß er sein Sterbegelüst. Ich bat Milda um ein Lied.

Milda sah mich furchtsam an. Sie zog die Stirn zusammen, während sie aufstand. Dann sang sie eintönig mit gefalteten Händen wie ein Schulkind:

Sonne, die tanzt auf
Silbernem Berge;
Hat an den Füßen
Silberne Schuhe.
Einfuhr die Sonne
Zum Apfelgarten;
Neun Wagen zogen
Wohl hundert Rosse.
Schlumm're, o Sonne,
Im Apfelgarten,

Die Augenlider
Voll Apfelblüten.

Dann meinte sie, daß sie hinter dem Ofen vielleicht noch nicht gründlich genug ausgefegt hätte. Aber die Sehnsucht nach Einsamkeit hatte mich plötzlich fast schmerzhaft überfallen. Und mußte nicht ein geheiligter Winkel für die Spinnen bleiben? Nur, wie war es mit den Schwefelhölzern? »He, Upsau, was fehlte doch noch? Ja, so, der Zylinder der kleinen Lampe ist zerbrochen. Aber Lichter haben wir ein paar Dutzend. Und nun behüt euch Gott! Vor einer Woche braucht ihr nicht wieder zu kommen!«

Als die Schellen der Schlittenpferde schon lange in der Ferne verstummt waren, es war gegen sieben Uhr nachmittags, stand ich noch immer vor meiner Tür. Sikras stand neben mir, den schmalen schönen Fang in meine Hand gedrückt. Er hatte nicht den geringsten Versuch gemacht zurückzureisen, als die andern sich im Schlitten verstauten. Er hatte sich mir ergeben, Seele und Leib.

Es war eine ganz klare, stille Kälte geworden. Man empfand sie kaum. Der weiße Fleck vor dem Hause, der im Sommer eine Wiese bedeutete, mochte etwa einen Acker messen. Dahinter stand der Wald. An den andern Seiten trat er bis dicht an das Haus. Ich starrte über die Wiese, durch die Bäume, die riesenhaft, wiewohl ganz unregelmäßig in Alter, Gestalt und Art an einer Stelle sich schwarz bedrängten, an anderer sich phantastisch verschlangen oder weiter auseinandertraten. Ich unterschied noch eben die grauen Stämme der Fichten von den roten Föhren und den verknorrten Eichen. Dies Schwarze dort rechts mochten Ellern sein. Die weißen Birken wirkten wie Schneelasten zwischen den anderen Bäumen. Bergfeld fiel mir plötzlich ein, der leidenschaftliche Nimrod. Er hatte voriges Jahr zu einer Jagd sich einen weißen Anzug machen lassen, um die Rehböcke hinters Licht zu führen. Um ein Haar wäre er selber von einem Freunde erschossen worden.

Plötzlich, als ich durch die Bäume starrte – irrte ich mich? Funkelten nicht dort ein Paar grünliche Lichter? Ich sprang zurück ins Haus nach meiner Flinte. Sikras war dicht auf meinen Fersen. Er gab nicht Laut. Nur seine Flanken wurden schmal, und sein Brustkorb wölbte sich. Er richtete die Ohren auf und starrte mit mir in gleicher Richtung. Sikras, was denkst du? Ist das einer von denen, die den Motschenstier mit dem weißen Augenfleck schlugen? Oder hatte ihm plötzlich davon geträumt, dem großen Naschhaften, wie süß und gelb der Honig dort drüben der Eiche aus der breiten Brust gequollen war, als er aus Litauen herüberreiste im vergangenen Sommer?

Aber wie ich noch hinstarrte, meine Hände um die Büchse gekrallt, merkte ich plötzlich, wie mein brausendes Blut mir den Atem versetzte. War auch in meinen eigenen Augen dieses heiße und grüne Licht?

Im nächsten Augenblick stieß mich Sikras mit der Schnauze sanft in die Seite. Als ich ihn ansah, merkte ich es: Nur aus Zartgefühl hatte er mit mir zwischen die Bäume gestarrt. Er hatte niemals geglaubt, daß dort drüben etwas Beachtenswertes vor sich ginge. So feinfühlig war Sikras.

Als er schon lange, Kopf auf den Läufen, zwischen halbgeöffneten Lidern jede meiner Bewegungen verfolgte: Was sah ich dort nur vorhin? Mußte ich denken. Was war es doch nur, das in meinen eigenen Augen gebrannt hatte? Was suchte ich doch nur? Ein ganz Nahes oder Fernes? Gott weiß es. Aber ich suchte mit meiner letzten Kraft.

Nachher, als ich die Tür des Buschwächterhauses verrammelt hatte, überfiel mich der Rausch der Einsamkeit. Ich sperrte die Ofentür auf, einen kleinen Spalt, daß sich ein roter Schein lebendig auf den Fußboden legte. Wie eine Korallenschnur spielte er um den schmalen Hals von Sikras, wie um den Hals einer zärtlichen Dame. Sikras schlief und träumte und murrte sanft, wie wenn er sich von vergangenem Glück erzählte. Aber als ich die Ofentür wieder zugesperrt hatte und der Frost wie Gewehrfeuer in den Balken krachte, zuckten seine Vorderläufe unruhig, und er warf den Kopf ein paarmal heftig zur Seite. Das war der Keiler, gegen den er sich aufs neue zur Wehr setzen mußte.

Was ich in diesen ersten Tagen tat, weiß ich nicht deutlich zu sagen. Mir war immerfort, als ob ich die Einsamkeit schmeckte. Ich ging mit ihr im Arm, wie mit einer Geliebten.

Ich tat tausend kleine Verrichtungen, um meine Höhle wohnlicher zu machen, besorgte meinen Ofen, kochte mein Essen, zerkleinerte Holz, versuchte einen Riß in meinem Ärmel zu flicken, der an einem Nagel hängen geblieben war, unterhielt mich mit Sikras. Und jeden Mittag zog ich meine Filzstiefel an und wanderte mit ihm und meiner Flinte in den Wald.

Dieser Wald! Seinen letzten Charakter erschloß er allerdings erst, als der Frost das Land aus der harten Umarmung freigab. Das schweigende Grauen der Moore gehörte dazu. Die mannshohen wogenden Wedel der Farren-Urwälder im Urwald, die schneeweißen Linnen der Faulbaumblüten und der berauschende Geruch von Verwesung und neuem Leben. Es gehörte dazu, daß ein elendes Pilzweiblein oder ein Kind sich über eine Brücke tastet, die aus einem oder auch zwei vermorschten Baumstämmen besteht, und plötzlich, gerade da, wo über den weißwolkigen Blättern des Porsch die hohen gelben Dolden schaukeln, gerade an dieser Stelle sinkt die Brücke vonsammen, wie ein Tor in die Unterwelt. Ein Schrei, ein Zupacken der Arme und verzweifeltes Suchen der Füße und – schon ist alles vorüber. Stumm, wie vorher, liegt die braungrüne Moordecke. Nur die Blüte des Porsch, die so berauschend duftete, hängt abgebrochen, und die Brücke ist verschwunden.

Aber all dies werde ich später aufschreiben. Ich spürte sie eben wieder, die Kühle im Genick, wie damals, als Lil mir lachend erzählte, welchen Weg sie gekommen war.

Ich schoß nicht sehr viel in diesen Tagen. Die kurischen Wälder wurden zu lange mißhandelt von den fliegenden Jagden der deutschen Barone und den heimlichen Klappertreiben der Letten, die noch bis vor kurzem den Wald ebensowenig schonten wie Jung- und Mutterwild. Auch mußte ich zuerst und zu lange die perlmutternden Lichtscheine beobachten, das seidene Grau der Nähe, das sanfte bläuliche sich Verwolken der Ferne.

Einen Spielhahn brachte ich heim. Schön wie ein Märchenvogel. Mit der Brust aus schwarzem Jett, metallisch lasiert. Die Augenrosen heller Karmin. Der Schweif wie eine

Apollonszither! Einen Luchs brachte ich heim, mit der fremden Kühle über den eben noch bernsteingelben heißen Lichtern. Einmal hätte ich zwei Schneehühner schießen können. Vom Frost getrieben, hatten sie sich bis auf die Wiese vor dem Buschwächterhaus gewagt. Aber wie ich sie mit ihren kleinen zottigen Füßen so mühselig und vergeblich scharren sah, brachte ich es nicht übers Herz. Statt der Ladung Schrot, die für sie gedacht war, schüttete ich ihnen von den eingequollenen Erbsen hin. Sie sind sehr scheu, und an diesem Tage kamen sie nicht zurück. Aber am nächsten Morgen waren die Erbsen verschwunden, und ich tat öfter einen Speiserest an diese Stelle.

Ja Sikras, und wann werden wir ihm begegnen, mit dem ich hierher gelockt wurde? Dem großen Hund mit dem spitzen Maul und dem abfallenden Rückgrat, der sich wie der Schatten eines Verfemten bewegt? »Schabbah« rufen die Letten den Wolf.

Sikras sah mich an und klopfte mit dem kräftigen Schwanz: an ihm sollte es gewiß nicht liegen, wenn ich in meinen Erwartungen getäuscht wurde.

Gut, wollen wir ein paar Tage warten. Was kann man wissen!

Als wir das letztemal vorher aus waren, Sikras und ich, war der Himmel noch unermeßlich hoch, wenn ich auf der Wiese stand. Ich wußte damals noch nicht, daß es der Syrius war, der sein junges, weißglühendes Schwert gegen das orangene Altersfeuer des Arktur im Bärenhüter herausriß. Ich verstand allenfalls die Linie zu verlängern, welche die Hinterräder des Wagens verbindet und damit den Polarstern im kleinen Bären trifft. Aber wie hätte ich denken können, daß der Schweif des Drachen sich zwischen den beiden Bären hindurchwindet, und daß dicht neben seinem dreieckigen Reptilkopf schon Herkules bereit steht? Wie hätte ich Alkor, das Reiterlein, über der Deichsel des Wagen benennen können, wenn ich den herrlichen Schedir, die Kapella im Fuhrmann und die Wega in der Leyer nur dem Namen nach kannte? Ich hatte damals weder Rottmanns Sextanten, noch seine Sternkarte entdeckt.

Ich wußte nur, wenn Sikras und ich uns in Schweiß gebadet ein Stück den Weg, der eigentlich kein Weg war, heraufgeplagt hatten, so hingen dieselben funkelnden Sterne von vorher über uns im Astgewirr wie sanfte rosa und grünliche Lampen.

»Sikras! Gib acht! Heiliger Hubertus und Lukas! Ja, siehst du es nun? Um ein Haar wäre ich zu spät gekommen, und mein neuer Schutzpatron hätte samt dem alten auch nichts dafür gekonnt, wenn du die Jugend dieser haushohen Schneewehe durchaus nicht anerkennen wolltest!«

Er pustete und schnaufte wild, aber ich merkte, es war mehr Verlegenheit als ein Erstickungsanfall. »Nun also, wir wollen es vergessen, mein Freund!«

Als wir uns nach dem Abenteuer ein Stück weiter gekämpft hatten, kamen wir zu einer Stelle, wo zwischen den Stämmen in der Ferne eine sonderbare zitternde Helligkeit erschien. Ein brandiges Grau. Eine qualmende Röte, die fortwährend zuckte. Brannte der Wald? Stürzte irgendwo die Welt zusammen? Wir hasteten voran. Plötzlich standen wir vor einer ungeheuren baumlosen Weite. Der Schnee schien von mattem Himbeer.

Der ganze Himmel zuckte in einem qualmenden Rot. In diesem Augenblick schreckte ich zusammen. Stieß nicht ein ungeheures Herz sein Blut in schweren, kurzen Wellen über den Himmel? Ich fühlte, wie etwas mich anfaßte wie eine riesige Hand: Nordlicht! sagte etwas. Das ist der Widerschein von Kaskaden von Blut, die den Himmel überstürzen, wo die Eisburgen ewig und ungeheuer den Weg zum Geheimnis des Pols verteidigen.

Ich hatte meine Hand im Fäustling Sikras auf den Kopf gelegt. Ein Ungeheures und Jenseitiges hieß mich ein Tier anfassen wie einen Freund, daß die arme, kleine Menschlichkeit nicht zersprengt würde. Wie war dem zottigen Urmenschen mit dem Greifdaumen an breiten Füßen und den behaarten und hängenden Armen zu Mute, da er zum ersten Male hier heraustrat aus der Nacht seiner ewigen Wälder und den roten Brand über der weiten weißen Fläche erblickte! Wenn er vielleicht nicht einmal einen Hund bei sich hatte, dessen warmes Blut und dessen hingegebenes Auge ihn schützte vor dem Allein-Gegenüber mit dem Ungeheuren? Stürzte er nicht zur Erde wie ein gefällter Baum?

Wir standen lange unter dem roten Schein, Sikras und ich; aber dann mußten wir doch wieder auf die Heimkehr denken. Es würde nicht so einfach sein, den Weg wieder zu finden, der wie eine rettende Furt durch das Meer des Waldes lief. Es ging ein Brausen durch die Wipfel der Föhren. Es harfte nicht mehr so gleichmäßig. Es begann zu stieben. Der Sturm riß an uns. Wenn die Spur zuwehte, mochten wir sehen, wie wir nach Hause kamen.

Plötzlich – was ist, Sikras? Er stellte die Beine steif und bekam einen hohen Rücken, wie er eine Spur beschnupperte, die quer über die seine kreuzte. Ist ein anderer Hund über den Weg gelaufen? War es der – andere – Hund? . . .

Einmal glaubte ich, ein Schatten trabte durch die Stämme dort drüben. Aber Sikras tat nicht dergleichen. Das Schneelicht hatte getäuscht.

Nun, so hatten sie mich also nicht umsonst gewarnt: ein fremder Reichsdeutscher in einem kurischen Walde!

Sikras, habe Geduld! Noch ein wenig, Sikras! Hinlegen darfst du dich nicht! Wenn wir das wollen, das hat noch Zeit. Denn mir, dem alles über gewesen war in diesem Berlin, mir war in den kurzen Wochen der Wildnis und Einsamkeit ein unbändiger Wille zum Leben gewachsen. Irgendwo hier im Grunde dieser Wälder stand das Geheimnis meiner selbst vermauert. Ich würde die Mauer berennen, bis ich diesem Undeutbaren sein eigenes Herz herausriß.

Nach ein paar Stunden, nein, es waren viele Stunden, und sie dampften zuletzt wie ein blutiger Schweiß, aber dann standen wir plötzlich doch vor der Wiese mit dem kleinen Hause. Dies war Heimkehr.

Den folgenden Tag verschliefen wir, Sikras und ich. Einmal dachte ich, ich hörte ihn heulen, den andern Hund, und Sikras winselte im Schlaf. Und dann träumte ich von dem, was da draußen vor der großen Weite unter dem brandig zuckenden Himmel neben mich getreten war und mich angefaßt hatte mit unmenschlicher Hand. Gegen Morgen aber hatte ich einen seltsamen, schweren Traum. Über das kleine silberne Herz. Früher in Berlin lag es in seinem verblichenen Sammetkästchen auf dem Grunde meiner Wäschelade. Im letzten Moment hatte ich es entdeckt und mitgenommen. Nun hing es an der Wand unter einem Föhrenzweig. Dieses silberne Herz, so träumte mir, hatte ich verschenkt. Zuvor hatte ich etwas hineingetan. Ich wußte nicht, was es war. Auch wem ich es geschenkt hatte, wußte ich nicht. Nur daß mich meine Brust schmerzte, wie wenn ich es mir herausgeschnitten hätte.

Als ich aufwachte, war es stockfinster. Noch Nacht? Als ich ein Schwefelholz anriß, zeigte die Uhr neun. Es schien mir nicht so warm im Zimmer wie sonst am Morgen. Der mächtige Föhrenklotz war beinahe verkohlt. Sonderbar. Plötzlich – mit einem Satz war ich an der Tür. Draußen am Himmel standen Mond und Sterne, standen, wie sie gestern abend gestanden hatten, als wir nach Hause kamen, Sikras und ich. Ich lachte laut. Dieses war so vorweltlich toll: eine Nacht und einen Tag hatten wir verschlafen!

In diesem Augenblick bewegte sich ein Schatten jenseits der Wiese: ein großer Hund. Und noch einer, und ein dritter. Mein Atem stockte. Mit einem Satz, wie ich herausgesprungen, war ich wieder drinnen und hatte meine Flinte von der Wand gerissen. Trotzdem war es zu spät. Die drei Schatten waren verschwunden. Ich wartete länger als eine Stunde. Ich hatte nur meine kalbfellene Mütze auf und stand in der Hausjoppe. Aber ich spürte keine Kälte vor dem Sieden meines Blutes. An diesem Abend kamen die Wölfe nicht wieder. In der Nacht hörten wir sie heulen, Sikras und ich. Aber es war zwecklos, hinauszugehen. Man hätte doch nichts gesehen. Es hatte aufs neue angefangen zu stieben. Der Mond war hinter die Erde gefallen. Aber dieses Heulen war in meinem Blut wie der Rausch von einem wilden Wein. Zwei Wochen lang heulten sie so an jedem Abend. Metta, die Ziege, meckerte kläglich. Sikras sträubte das Fell, und ich sprang hinaus mit der Flinte. Aber niemals kam ich zu Schuß. Ich habe die Wölfe diesen ganzen Winter nicht wieder zu Gesicht bekommen.

Als ich meinen ersten Wolf schoß, ein Jahr später, ich hatte es mir eigentlich ganz anders gedacht. Den Rausch in meinem Blut, als ich sie in jener Nacht heulen hörte, hat nichts überbieten können, nicht einmal der Schuß, den ich jenem zwischen die grünen, haßfunkelnden Lichter jagte. Nun – es ereignete sich so kurz nach – dem andern. Dieser Wolf war in meinem Leben das einzige Tier, das ich mit kaltem Herzen getötet habe.

Einmal in jenen zwei Wochen, als ich Abend für Abend mit der Flinte hinaustrat, lag etwas Kleines, Dunkles auf dem Schnee. Es war ein Rotkehlchen und fast erfroren. Aber in meinen Händen wurde es wieder lebendig. Nun hatten wir einen neuen, fröhlichen Hausgenossen. Wahrscheinlich nahm es mich für einen Baum. Es blieb ruhig sitzen auf Schulter oder Kopf, ob ich still hielt oder mich bewegte. Meine kalbfellene Mütze war sein Nachtquartier.

Eines Morgens, als ich erwachte, war es wieder vollkommen dunkel. Wieder zeigte die Uhr neun, als ich ein Schwefelholz anriß. Entäußerte ich mich hier so völlig meiner menschlich-bürgerlichen Gewohnheiten, daß ich mich Nacht und Tag zum Schlaf einrichtete? Vielleicht würde ich nächstens anfangen, an meinen Vorderpfoten zu saugen?

Nein, ich hatte mich doch überschätzt. Nur der Schnee war noch einmal gekommen. Richtiger russischer Schnee. Auf der gefrorenen, drei Schuh hohen Untertage des früheren hatte ihn der Wind über die Wiese und gegen die Hütte gefegt. Die Fenster waren zu. Das gab Arbeit. Jeden Morgen hatte ich nun einen Gang um das Haus zu schaufeln und die Fenster frei zu machen. Es kam allerdings trotzdem kaum Licht in die Stube, denn es stiebte unaufhörlich. Als ob die Welt ein einziger, dicker Bettsack sei, der fortwährend geschüttelt wurde. Vielleicht war dieses Helldunkel zuerst der Grund, daß ich so wenig an meine Kunst dachte; denn wem wäre es um jene Zeit eingefallen, anderswo als draußen im flutenden Lichtstrom Studien zu machen! – Nun, ich sollte ganz schrittweise zu meinem Ziel geführt werden.

Aber ich hatte so viel zu tun in diesen Tagen ewiger Dämmerung, daß für die fruchtlosen Grübeleien über meine Begabung wirklich keine Zeit blieb. Dem Schnee, der Ziege, Sikras, dem Rotkehlchen, der Stube, dem Holz, Ofen und Essen galt es, alle Aufmerksamkeit zuzuwenden. Außerdem konnte meine Matratze sehr wohl eine Aufbesserung gebrauchen, und ich dachte, es müsse freundlich aussehen, wenn ich rund um die vorhanglosen Fenster eine Kante aus weißer Birkenrinde nagelte.

Als es getan war, begab ich mich daran, runde, flache Schalen aus Birkenholz zu drechseln. Zuerst wurden sie uneben. Bald aber bekam ich sie glatt und seidig wie Äpfel. Ich hatte eine ausbündige Freude darüber.

Schon am zweiten Tage hatte ich mir auf einem Stück Pappe einen Kalender ausgeschrieben. Jeder Tag wurde am Abend sorglich ausgestrichen. Es war notwendig, wollte man nicht untergehen in der Zeit wie in einem grundlosen See. Heut hatten wir Mariä Lichtmeß. Von diesem Tag an pflegte ich sonst meine völlige Auferstehung zu rechnen. Während der dunklen Monate ging ich ein wie eine Pflanze. Auch dieses mußte mit dem Vorfahren zusammenhängen, von dem ich die Jagdfieber im Blute habe, und der den Winter vor dem Feuer in seiner Holzburg verschlief. Die Menschen von heute sind nicht mehr so abhängig vom Wechsel des Jahres.

Übrigens brauche ich nicht direkt mit dem 2. Februar zu rechnen, an dem die Sonne ihren Hirschensprung am Himmel hinauf tut. In verständigen Zeiten pflegte ich schon am Epiphaniastage ein Dehnen der Glieder und ein bestimmtes Zucken in der Herzgrube zu spüren. Überhaupt, nun ich aus diesem steinernen Großstadtmeer heraus war, fiel mir ein, daß ich als Kind schon in den Rauchnächten mich in meinem Grabe bewegt hatte, wie der Schmetterling in der Puppe. Ja, dies träumerisch leise Lebendigwerden begann schon in der Woche, ehe die Sonne am tiefsten sank. Sobald Advent gefeiert wurde. Winterjul und Weihnachtsbotschaft waren seltsam und tief verschmolzen in meinem Blut. Als sei ich nicht heute geboren, sondern damals, als das kleine Kind im gestickten Hemdchen, den goldenen Erdapfel in der Hand, die vereisten Alpen überwand und in der jenseitigen Winterwelt lächelnd und unbefangen Einzug hielt. Über alle diese Dinge hatte ich nie mehr gedacht. Aber sie waren in meinem Wesen geblieben. Jedes Jahr, wenn die Sonne starb, starb ich mit, und war ihr dennoch voraus irgendwie, hatte schon das Bitterste überwunden durch die Helligkeit und die Wärme, die von dem kleinen Kinde ausgingen.

War es übrigens allein Berlin, das mich so losgelöst hatte vom Erdhaften und zugleich vom Mysterium? . . .

Aber allzulange durfte ich mich solchen Erwägungen nicht hingeben. Metta, die Ziege, hatte durchaus ein Recht darauf, daß ich ihren Stall säuberte, und es würde ja doch gleich wieder finster werden.

Während ich meine Grütze löffelte und mich mit Sikras unterhielt, der Wert darauf legte, dachte ich aber doch wieder darüber, wieviel voriges Jahr um diese Zeit ich bereits durchmachen mußte, ehe ich mich nur rasiert hatte: Bergrutsche, Uraufführungen, unglückliche Liebespaare, Geburten von Thronfolgern, Nordpolexpeditionen, Preisausschreiben für zugkräftige Namen von Zigarrensorten, Börsenspekulationen, Ausgrabungen, unbegreifliche Urteile der Jury, mißhandelte Kinder, Literaturkritiken, Schiffbrüchige und Patente auf Hosenträger. Wie sonderbar war es, wenn man sich vorstellte, daß man bis zur Abendzeitung schon wieder alles vergessen hatte. Das Gute, das Schlimme, das ganz Kleine und das ganz Große! Wieviel Minuten blieben dem normalen Großstadtmenschen für seine Erschütterungen?

»Sikras, Sikras! Welche Gnade, von diesem allem erlöst zu sein! Du weißt nicht, was es bedeutet, Sikras. Aber daß ich vergnügt bin, toll wie ein entwischter Schuljunge, Sikras, verstehst du das?« –

Sikras – oh, er verstand! Weit mehr als man irgend für möglich halten sollte. Er streckte mir enthusiastisch die rechte Pfote entgegen und dann die linke. Und nachher wieder die rechte. Und da das noch lange nicht genügte, seine Empfindungen auszudrücken, sprang er mit beiden Vorderpfoten zugleich auf meine Knie. Sein Schwanz wurde wild, und in seinen herrlichen Augen die Hingabe einer Braut, hob er die schwarzen Lippen meinem Gesicht entgegen.

»Nein, Sikras. Küssen nicht. Alles andere darf man, aber nicht lecken!« – Daß ich seine tiefste Zärtlichkeit, die der Zunge, ihm verwehrte, war der einzige Schmerz, den er bei mir erdulden mußte.

Es konnte eine Weile hingehen, bis Upsau und Milda wiederkamen, wenn es so weiterstiebte. Sie wußten, ich hatte alles, und sie würden sich keine Gedanken machen.

Ich besorgte meine Wirtschaft einen Tag wie den andern, saß an der Drechselbank – denn ich war auf die Idee gekommen, außer den Schalen auch Leuchter zu machen und sie mit einer Kante zu schmücken, obwohl mir als Schnitzinstrument nur mein Taschenmesser zu Gebote stand. Aber war das nicht bedeutend mehr als ein geschärfter Flintenstein, der dem ersten Künstler der Welt vielleicht gedient hatte? Ich begriff den Stolz und das Glück des Handwerkers vergangener Zeiten. Wenn er zehnmal dasselbe Stück geschaffen hatte, so war es doch zehnmal ein neues. Wie die Blätter einer Pflanze alle einander gleichen und doch jedes eine sondere Schönheit hat.

Ein so ungetrübtes kindhaftes Glück erfüllte mich bei meinen Arbeiten an der Drechselbank, daß ich Bücher und Lesen bisher noch gar nicht vermißt hatte. Gerade als es mir klar wurde, daß das Handwerk so naturhaft und vollendet wirkt, weil es einen Bruch mit der Tradition unbewußt ablehnt, weil es weder die Laune noch die Hast der Mode kennt und gar keinen Ehrgeiz hat, um jeden Preis etwas noch nie Dagewesenes zu bringen – gerade bei dieser Feststellung jagte ich mir das Schnitzmesser in die Falte zwischen Daumen und Zeigefinger, daß es eine Art hatte.

Dies ergab eine Arbeitsruhe, die ich wenig schätzte. Ich besann mich auf allerlei nützliche Dinge, einhändig zu verrichten. Beim Herausnehmen der Birkenmatratze, der ich mein ärgerliches Interesse zuwendete, blieb sie an der Wand hängen. Ein Nagel? Nein, ein Knopf. Ein Knopf aus Holz. Nie hatte ich ihn bemerkt. Ich rückte die Bettstelle zur Seite. Mein Gott – eine Tür in der Wand? Ich stürzte mich auf den Knopf. Er drehte sich ganz leicht. Er machte gar kein Geheimnis aus sich. Die Tür saß ein bißchen fest von der Feuchtigkeit. Als sie aufging, stand ich vor einem sehr ordentlichen und fast gefüllten Wandschrank. Ich schrie laut vor Entzücken, daß Sikras losbellte, die Stube absuchte und, als nichts Feindliches zu finden war, auf das Bett sprang, um mir ins Gesicht zu sehen. Dann krochen wir selbzweit halben Leibes in den Wandschrank. –

Er enthielt drei Fächer. Im obersten lag allerlei nützliches Wollzeug, wie ich später merkte, von den Motten früher entdeckt als von mir. Im mittleren, oho, Upsau! Das ist für dich: richtiger Monopolschnaps! Drei schöne Flaschen. Aber auch etliches zur Erhöhung meiner eigenen Feierstunden, Malinalikör, blaßrot und leicht wie ein Lerchenherz, Allasch, und eine Flasche Kurfürstlichen Magenbitter. Außerdem merkwürdige Dinge, wie ein ausgetrocknetes Tintenfaß aus einem Flintstein, eine Lupe, ein Muschelhorn für die Hirschbrunft, eine Rehfiepe, verschiedene Glasröhren und Reagenzgläser, Hirschhaken, ein Sextant, eine Sternkarte, ein kleines Fernrohr, ein Paket Roßhaare und als Letztes zwei verblaßte gerahmte Photographien: Ein kleines Mädchen im getollten Kleide mit langen Hosen. Sein schmales Gesicht war traurig und sehr süß. Die Schärpe um die dünne Taille war blau ausgemalt. Die andere Photographie zeigte einen Studenten in Wichs, schlank, elegant, formgebunden. Auf dem Bilde des kleinen Mädchens stand: Lil.

Ich wollte die Photographien an die Wand hängen, aber ich legte sie wieder zurück. Ich hatte die Empfindung, als sollten sie verborgen bleiben.

Nachher begab ich mich an das unterste Fach; und jetzt schrie ich wieder, so daß Sikras nachsehen mußte, was es gab. Dieses Fach war vollgestopft mit Büchern.

Ich holte sie heraus, armweise. Anfangs war ich etwas enttäuscht, denn die ersten 25 Bände waren alle Brehms Tierleben. Aber später bekam ich eine unbändige Freude gerade über dieses Buch. Dann kamen noch ein paar naturwissenschaftliche Werke, und als ich dachte, damit müßte ich mich abfinden, geriet mir die fromme Helene in die Hände, in herzlicher Nähe von den Predigten des Meisters Eckhard. Schließlich gab es noch die Geschichte des Landes von Otto von Mirbach samt einem Heftchen estnischer Sonnenmythen. »Sikras! Sikras! und Sikras!« Ich schnappte vor Glück. –

Sikras verstand nicht mit dem Verstande, aber wie immer und untrüglich mit dem Herzen. Er erkannte meine Gefühle und teilte sie hingerissen, bellte stark und solange, bis er gleichfalls nach Luft schnappen mußte.

An diesem Abend saßen wir am Tisch, Sikras und ich. Der Kienspan hätte schon genügt. Aber dies war allzu festlich. Auf dem Tisch lag eine dunkelrote Wolldecke. Zwei Kerzen brannten in selbstgedrechselten Leuchtern. Die Flasche Malinaschnaps leuchtete sanft, das Bild, auf dem »Lil« geschrieben stand, hatte ich in die Mitte gestellt. – Lil – ach Lil! Nicht dein Bild. Aber war es trotzdem die Beschwörungsformel zu dir hin? An diesem Abend kam euch zum erstenmal der Gedanke deiner Sommerreise. In Weimar, in der Belvedereallee, hörtest du plötzlich das Brausen der ewigen Wälder und die Urschreie und die ewige Lockung. Das Blut deiner Mutter, das Blut deiner Ahnen stieg dir in den Hals und benahm dir den Atem, während dein Mann dir seinen neuesten Aufsatz vorlas über die Akropolis. Lil! . . .

Und ich? Nein, Lil, ich wußte nicht, daß meine Seele dich beschwor und mit den uralten Stimmen anrief. Ich wußte nur, daß eine geheimnisvolle Feier über mich kam und die Schauer des Mysteriums. –

Ich war wie berauscht von meinem Buchfund. Ich konnte mich nicht entschließen, wonach ich zuerst greifen sollte. Ich legte die Bücher rings im Kreise auf die Erde, stellte mich in die Mitte, schloß die Augen, drehte mich dreimal um mich selbst:

»Eene peene ping pang
Ming mang
ose pose packe dich.
Eia weia weg.«

Aber gerade, als ich mich mit geschlossenen Augen auf ein Buch stürzen wollte, hatte die Erregung bei Sikras den Steilpunkt erreicht. Er tat einen Satz auf mich los, brachte die Kreisanlage in Unordnung und schob mir ein Bändchen in die Hand, das ich sonst nicht hätte treffen können. Es versteckte sich in dem Mirbach und enthielt Lettische Volkslieder, übertragen von Karl Ulmann. »Danke, Sikras!« –

Als ich dann mit Sikras im Arm auf den frisch geschütteten Kissen meiner Sofabank saß und das Heftchen feierlich aufklappte, sah ich, daß dem Text eine Anzahl Seiten mit einer feinen Schrift bedeckt vorgeheftet waren. Ich las:

»Sacht, sacht fuhr Gottchen
Vom Berglein zu Tale.
Gottchen hatte sanfte Rosse.
Sanft fährt Gottes Schlittchen.

Wer war es, der herritt
Auf rauchgrauem Rößlein?
Den Bäumen schenkte er Blätter,
Grünes Kleechen der Erde.«

Und weiter:

»In Kurland sind schwarze Wälder
Ach, mit viel roten Beeren.
Das waren keine roten Beeren,
Tränen waren es der Sonne.« –

Und dahinter standen wie ein Schrei langausgezogen die drei Buchstaben: Lil! Dann eilte die Schrift, groß hastig:

»Ihre Tochter gab die Sonne
Fort nach Deutschland übers Meer hin.
Brautschatz führten Gottes Söhne,
Alle Bäume reich beschenkend:
Gold'ne Handschuh' nahm die Fichte,
Grünes Wollentuch die Tanne,
Alle Birken gold'ne Ringe
An die zarten weißen Finger!«

Und:

»Schmettre Perkun in den Quell,
Bis in den Abgrund hinein;
Gestern abend ertrank die Sonnentochter,
Als sie die gold'ne Kanne wusch.
Schleudre den Blitz, o Perkun,
In die tiefste Tiefe des Sees.
Dort ertrank die Sonnentochter,
Als sie die gold'ne Kanne wusch.
Schleudre deinen Blitz, o Perkun,
In die tiefste Tiefe des Quells.
Waldteufels Tochter wirst du dort finden;
Sie wäscht die goldenen Kannen!«

Und dahinter wieder dieses: Lil!

Ich konnte nicht mehr ruhig bleiben. Hatte ich ein Recht? Ein Schicksal entrollte sich in dieser Schrift? Die Bücher waren ein Erbstück Rottmanns, von dem Frau Kroug in Riga mit diesem sonderbaren Ausdruck gesprochen hatte.

Um meiner Erregung Herr zu werden, die Fäden spinnen sah von einem gelebten Schicksal zu mir hin, griff ich wieder zu dem Heft, auf dessen Titel geschrieben stand: »Legende und Geschichte der Kuren.« Dies war gerade das, was ich brauchte. Als Milda neulich das Verschen sagte, überfiel es mich schon: wie konnte ein Volk mit so zarten und tiefen Poesien so sklavisch verkommen sein? Man mußte seine Geschichte kennen. Was wir darüber lernen und wissen, ist zu allgemein. Die Handschrift des Heftchens war dieselbe wie die der Verse in dem Ulmann-Buch, hinter denen »Lil!« geschrieben stand.

Ich verträumte mich über diesem Namen. Eine leidenschaftliche und fremde Süßigkeit lag darin. Aber die Legende und Geschichte der Kuren! Nun, also:

Die ersten sieben Seiten waren ausgerissen.

»Jedermann in Kurland«, begann es, »kennt Hofzumberge, den Edelsitz auf einer Höhe des niedrigen, zerspaltenen, uralisch-baltischen Landrückens. Aber nicht alle wissen, daß neben der jetzigen Hoflage ein herzogliches Lustschloß stand. Kein Malzeichen führt in jene verhängte Zeit zurück, da die alte Holzburg Terweten sich auf dem Bergkegel erhob. Aus den ungeheuren Föhrenstämmen ihrer Wälder hatten die Ureinwohner sie aufgetürmt zur Verteidigung gegen den weißen Christ. Mit Feuer und Schwert sollte die Sanftmut seiner Lehre ihnen eingeprägt werden. Wie trauervoll er lächeln mochte über den tödlichen Eifer seiner Anhänger. Die weiten Flächen der Aa waren dem stürmenden Voran seiner Schildträger entgegengekommen. Aber dieser winzige Bergkegel stand wie ein Wellenbrecher. An ihn klammerte sich alle zähe Heimat und Götterliebe der Kinder dieses Landes. Hatten nicht durch den Mund des Kriewe-Kriwaito von überall her die Götter zur Rache gerufen? Aus den ewigen Wäldern Litauens herüber. Von den Inseln des heiligen Sees beim heutigen Libau und vom Dewing Jure, dem Gottesmeer? Der oberste Priester selber war unnahbar in seiner Heiligkeit, aber er sandte seine Diener, die Kriwaiten, und im Namen Perkunos, des Donnerers, verkündeten sie seinen Willen. Es war, als ob die leuchtend weißen Priesterstäbe Gewalt hätten, Schar um Schar aus der Nacht der ewigen Wälder hervorzuzaubern. Wo solch ein geschälter Birkenstamm hinzückte, rauchte Christenblut als Götteropfer. Um die Heimat seiner Götter verblutete ein kleines sanftes Volk in einer Kühnheit über sich selbst hinaus.

Es ging Jahrzehnte so: Kampf, Sieg, Unterliegen. Terweten war der Brennpunkt. Blutrot und hochauf kochte der Terpentinbach, die alte Terwitte, wie sie zur Festung Mitowe herunterjagte. Dort saß Konrad von Mandare als Ordensmeister. So oft die neuen Blutwellen ansprangen, befahl er eine neue Schar Schwertritter. Aber weder ihm noch seinem Nachfolger, dem Rodenstein oder Anders von Westfalen, mochte es gelingen. Erst Walther von Nordeck machte die Senngaller zinsbar. Zinsbar bedeutete allerdings nicht leibeigen. – Nun, wenngleich Kaiser und Papst durch Bulle und Briefe eine so todesmutig erkämpfte Freiheit bestätigt hatten, was half es? Sie waren beide fern, und die Schwertritter hatten anders beschlossen. Das von Kämpfen völlig ermattete Volk wurde so mitleidlos geknechtet, bis selbst seine Schwachheit noch einmal den matten Atem zu einem furchtbaren letzten Aufschrei zusammenpreßte. Dies war der Todeskampf der Kuren. Ein Kreuzfahrerheer von 14 000 Mann erstickte ihn. Der milde Christ verhüllte schaudernd sein Antlitz über dem Blut, in seinem Namen vergossen. Terweten, die Burg, wurde vernichtet. Götter und Priester flohen in die Nacht der Wälder. Leibeigenschaft legte das Joch auf niedergetretene Menschennacken. Ab und zu noch züngelte ein tödlicher Haßgedanke aus der Asche, eine Schwertspitze zuckte. Aber was bedeutete das? Das Herz war zerbrochen, der Harnisch zerhauen mit der Burg Terweten. Konrad von Herzogenstein durfte sich Herrn von Kurland heißen im Jahre 1288. Herrn eines entvölkerten Landes. ›Nie hat ein Volk,‹ schreibt Otto von Mirbach über den Kampf der Kuren um Terweten, ›nie hat ein Volk mit geringeren Mitteln und größerem Mute seine Freiheit verteidigt.‹ Und weiterhin: ›Die späteren Kuren entarteten unter dem Joch der Deutschen dergestalt, daß keine Spur von dem Geist, der einst ihre Väter beseelte, übrigblieb. Aus den heidnischen Helden waren christliche Sklaven geworden.‹« –

Ich legte das Heftchen hin. Wir in Deutschland wissen so wenig. Wir sind allein stolz auf unsere Brüder, die hohen, schlankgliedrigen, hellhaarigen Ritter, die deutsches Herrentum so rein hier bewahrten wie sonst nirgends in der Welt. Ihre Verschuldungen kennen wir kaum. Und wiederholte vielleicht sich auch nur ein wenig Gleiches? Der kühne, starke Herrenmensch brach auf mit Schild und Speer und unterwarf sich ein Urvolk. Zwang ihm seine Herrschaft auf und seine Religion, seine Kultur, bis . . .

Als ich weiterspinnen wollte an diesem Faden – hier schien ein Knoten, etwas stimmte nicht. Was stimmte nicht? Nun, ich würde die Frage an diesem Abend nicht lösen.

Als ich das Heftchen fortlegen wollte, klappte es von selbst auf, zwei Seiten weiter hin. »Aber die Götter des Gottesmeeres sind nicht tot, wenngleich der Widelsee jetzt 2532 Lofstellen Acker bedeutet. Sie sind lebendig wie die Götter der Tameneeken an der Windau und bei Libau am heiligen See. Ob auch die Inseln Perkunos auf ewig im Gottesmeer versanken, seine Flüche zucken noch schwer und dunkel im Sklavenblut, und die Mysterien der Kriwaiten werden sie an einem Tage furchtbar erwecken. Die Terwitte wird abermals rot rinnen und die Wellen der Windau und der Aa, aber das Blut, das sie färbt, wird Herrenblut sein. Fluch wider Fluch! Dann wehe euch deutschen Baronen!

Warum tut mir mein Herz weh, wenn ich an euer Schicksal gedenke? Hasse ich euch oder liebe ich euch so sehr? – Ach, so werde ich wohl den Haß in meinem dunklen, verfemten Blut tragen müssen, solange ich lebe, und die Liebe in meiner Seele ebensolange. Dieser Haß und diese Liebe – ich kann sie nicht mehr sondern. Sie sind in eins verschmolzen: sie sind die große Traurigkeit, die um mich her steht wie ein luftleerer Raum, daß die Menschen mich fliehen müssen. Lil – war ich schon so voll Trauer, als du zu mir kamst, oder wurde ich es erst, da du gingst? Aber wer vermöchte zu werden, was er nicht war, ehe er war? . . . Woher kam das Schwankende und die Schwäche in meinem Gefühl den Baronen gegenüber? Haßte und verachtete ich sie nicht? Warum quälte ich mich mit tausend Verantwortlichkeiten, die jene lachend mit der flachen Hand zerhieben? Damals, als ich ihm das Pferd hielt, als er mir die Reitgerte über die Wange zog – warum ließ ich es nicht damals aufbrennen? An die Gurgel hätte ich ihm springen müssen wie eine wilde Katze! Es wäre mein Tod gewesen, allerdings. Aber welche Erlösung!

Nun – wozu heut darüber grübeln? Warum Dinge beschwören, Reue um Dinge, die ich mir versagte oder zerstörte? Ist Reue nicht tiefstes Merkmal des Knechtes? Jene andern? Sie kennen nicht Reue. Lil, hast du jemals getrauert um etwas, das deine schmale weiße Hand zerbrach?«

Ich ging lange mit dem Inhalt des kleinen Heftes. Der Name Lil lebte in meinem Blut wie ein erregender Fremdkörper. Erst als der März begann und der Schnee plötzlich aufhörte, befreite ich mich davon. Vielmehr der Fremdkörper verkapselte sich. Er blieb bei mir. Aber die Beunruhigung hörte auf. Es wurde klarer Frost von heute auf morgen.

Die Furt, die ich am Hause entlang zum Ziegenstall geschaufelt hatte, wehte nicht wieder zu. Wenn man auf den Schnee trat, machte er wieder Musik.

Gerade als ich mich fragte, ob man nun bald wieder auf Jagd gehen könnte, ein Hase wäre angenehm gewesen, gerade da hörte ich eine dunkle und eine helle Glocke jenseits der Wiese.

»Wirklich, Upsau! Und Milda, du kommst wieder mit! Welche Freude!«

Ich nahm meine Gäste in die Stube. Das Wasser im Samowar brodelte. Sogleich! Sogleich!

Milda schälte sich heut so schnell aus ihren sieben Häuten, daß ich plötzlich und verblüfft ihrem augenscheinlichen Staatskleide gegenüberstand. Ich lobte es. Sie errötete vor Glück. Sie wußte nicht, armes Kind, daß die Unschönheit ihrer Gestalt dadurch unterstrichen wurde. Sie sah mich an. Sie trug mir ihr Herz entgegen. Wie auf einer Schüssel. Demütig. Unverdeckt. Mich überkam Trauer.

Nachher packten wir aus. Große Körbe voll Herrlichkeiten schickte mir der Vogt. Sikras war völlig entwurzelt, als er mit übermenschlichem Wissen durch Papier und Stroh hindurch die Schätze bereits mit Namen nennen konnte, ehe ich sie auch nur erahnte. Aber er war zu vornehmer Art, um sich irgend etwas merken zu lassen. Nur an seinem schnellen, erregten Atem merkte ich seine Freude.

Nachher deckten wir den Tisch so festlich wie möglich. Ich gab Milda vom Besten, was ich hatte, da ich ihr das andere, wonach sie verlangte, nicht geben konnte.

Upsau war wieder voll Anekdoten, als der Branntwein, den er für mich mitbrachte, sein Wasserglas etliche Male frisch gefüllt hatte und er aus jeder Pore rauchte.

Plötzlich warf er das Messer hin und fing an und stampfte und tanzte. Nun, es wurde nichts Richtiges. Die Letten tanzen kaum noch. Sie versumpften zu völlig. Es war eine Art Kamarinskaja, wie er sie in St. Olai die russischen Grenzwächter hatte tanzen sehen.

Mildas Augen wurden kreisrund vor Entsetzen. Sie hob die Hand. Ich weiß nicht, war Upsau schon einmal in ihrer Gegenwart gezüchtigt worden, oder war dies ein uralter Griff der Not ihrer Kaste und Rasse?

Diese Gebärde Mildas brachte Upsau zur Besinnung. Mitten in einer seiner Grotesken hielt er inne. Er kratzte sich den Kopf, murmelte etwas: »zening kunks« – setzte sich schweigend auf die Kante seines Stuhles und kaute die dicke, harte Pelle des Schweinskopfes. Milda legte hastig ihr schönes Leibchen ab, schlug den obersten Rock hoch auf und kniete sich schweigend hin, den Fußboden zu scheuern. Upsau fragte kleinlaut, ob er Holz hauen sollte, oder was ich sonst für ihn zu tun hätte. Nun, mochte er mir im Ziegenstall ein Brett vornageln. Ich wollte uns über eine peinliche Situation hinwegbringen.

Milda hatte unterdessen den Fußboden überschwemmt. Hernach tranken wir Tee. Übrigens hatten sie auch einen Klumpen Lehm mitgebracht, falls der Ofen dessen benötige. Mein Vorgänger hatte in solcher Ermangelung ihn einmal mit Zwetschgenmus verschmiert. Es roch immer wieder ein wenig nach Muskochen in der Stube.

Milda sah noch immer aus wie ein betrübtes und ängstliches Kind. »Soll ich dir etwas schenken, Milda?« Ihre Augen wurden dunkel und erstarrten. Sie sah auf das kleine silberne Herz. An einer Schlinge aus Roßhaar hing es an einem Föhrenzweige.

»Dieses? Nein, dieses Herz könnte ich dir nicht geben, mein Kind. Aber wenn ich wieder in die Stadt komme, so will ich dir eine Kette kaufen aus blauen oder roten Perlen, wie du willst.« Ich nahm eine der gedrechselten Schalen aus dem Wandschrank. Ich wählte eine besonders gelungene mit einem Efeublattmuster.

»Danke!« sagte Milda leise. Ihr farbloses, flaches Gesicht schien zu zergehen. Wie Rauch. Aber dann lächelte sie. Sie nahm die Schale in ihre Arme wie etwas Lebendiges.

»Übrigens, Upsau, was ist es mit dem Gottesmeer?«

Upsau duckte sich zusammen, wie über schlechter Tat ertappt. »Es ist nicht geheuer, gnädiger Herr. Besser, man spricht nicht davon!«

Aber damit war ich nun allerdings nicht abzufinden. Als ich es nach und nach und stockend aus ihm herausbekam, begriff ich, daß Upsau mir ein unerhörtes Opfer brachte. Das Gottesmeer – der Widelsee – es lag nicht allzu fern. Scharen Weißgekleideter zogen dorthin noch vor hundert Jahren. Die Eiche, die Linde, dem Perkunchen waren sie geheiligt. Kein Mensch wagte sich in ihre Nähe. Kein Lette. Was kann man wissen!? Die alten Götter . . .

Stiegen nicht ihre Inseln noch immer im Sommer aus dem Wasser herauf? Mildas Stimme klang geheimnisvoll: »Einen Sommer lang haben die Götter ihre Lust auf ihnen. Dann versinken sie wieder, und kein Mensch hat sie betreten!«

»Wie komme ich zu dem See?«

»Er ist fort«, flüsterte Milda. Sie sah mich an, als ob sie Mitschuld an etwas Ungeheuerem auf sich lüde.

Upsau sah verstockt in eine Ecke. Plötzlich wendete er sich um, als ob man mir dergleichen wohl anvertrauen dürfe: »Gut – der Dewing Jure – sie heißen ihn den Widelsee – die Rosanger Herrchen hatten alles, Schloß, Menschen, Wälder, Wiesen. Hatten nicht genug. Ist schon lange her. Großväterchen hat noch jeden Winter bis in den April den Holzschlitten über den Widelsee gefahren. Gehörte dem Rosanger. Dann hat der gnädige Herr lassen graben. Was braucht er den Gottessee. Ackerchen wollte er haben, Feld. Hatte nicht genug. – Gut. – Wollen wir das Wasser in die Daugawa schicken. Wollen wir ein tiefes Rinnchen graben, vom Gottesmeer zu der Daugawa hinüber.

Die Götter haben geholfen. Haben nicht wollen bleiben. Tausturm haben sie gerufen. In zweimal zwei Stunden ist das Gottesmeer leer gelaufen. Großväterchen war dabei. War im Holzschlitten mit vielen hundert auf dem Widelsee, wie die Decke anfing zu krachen. Hat sich gerettet mit den andern aus dem Gericht, wie Perkunchen mit dem Hammer die Schollen zerhieb. Großväterchen hat eine weiße Haarsträhne bekommen, quer über die Augen damals. War ein junger Bursch. Ist manchem so geschehen. Wie Perkunchen dahinfuhr im Zorn, hat er seiner Kinderchen Haare versengt! Die Herrchen lachten.« Upsau ballte die Faust. In seine Augen trat Jammer und Blut.

An diesem Abend, als Upsau und Milda fort waren, überfiel mich eine große Unruhe. Ich konnte mich nicht an die Bücher begeben, und ebensowenig an die Drechselbank. Ich suchte etwas. Was ich suchte, hätte ich nicht sagen können. Nur daß Sikras wie mein Schatten immerfort und lautlos mir auf den Fersen blieb. Plötzlich streiften meine Augen die Schüssel, auf die Milda den Lehm für den Ofen gelegt hatte. Mit feuchten Tüchern lag der Klumpen zugedeckt. Wie ein abgeschlagenes Haupt.

Ich wußte kaum, daß ich das Tuch zurückschlug. Daß meine Finger anfingen zu tasten, zu kneten. Es war ein eigentümlicher Zustand. Als ob ich mir selber zusähe. Als ob meine Gedanken in meine Fingerspitzen gefahren wären. Ich dachte sie nicht. Ich paßte nur auf, was sie zu Wege brachten. Dann wieder meine ich, es waren überhaupt keine Gedanken bei diesem Geschäft beteiligt, sondern ein fremder und geheimer Aufruhr in meinem Blut. Wie es auch war, ohne jedes Instrument, nur mit meinen Fingern, hauptsächlich mit dem Daumen arbeitend, sah ich plötzlich Upsau auf dem Tisch vor mir stehen. OhneZweifel, es war Upsau. Etwa zehn Zoll hoch. Wie er Kamarinskaja tanzte. Ich weiß es nicht, ob ich schon beim Bilden dieser Figur mich so seltsam gebärdete, jedenfalls, jetzt, während ich mir diesen Upsau von allen Seiten beschaute, merkte ich, wie ich mich selber in dieser grotesken Stellung hielt. Hatte ich auch den linken Mundwinkel heruntergezogen? Die Brauen weit voneinander gerückt, wie bei vergnügten Menschen? Und war in meinen Augen dieser eigentümlich verschlagene Blick von unten herauf, der einen leichten Schauder erregte und so seltsam vom Ausdruck der Kinnladen unterstrichen wurde?

»Sikras!« rief ich plötzlich. »Sikras!« Wie man nach seinem Freunde ruft.

Sikras sprang sogleich herunter von der Matratze, wo nach vielfacher Drehung um sich selbst er es sich zuletzt bequem gemacht hatte. Er stieß seine braune kühle Nase ein paar Mal in meine Hand, und seine schönen Augen waren Hingabe und Staunen zugleich. Schließlich, nachdem er Upsau betrachtet hatte, schob er die Lippenfalte links ein wenig beiseite. Es war ein kleines, beruhigendes Lächeln über eine unnötige Aufregung meinerseits.

Währenddessen war in derselben unterbewußten Weise Milda entstanden. Ich stellte mich ihr gegenüber wie der Gestalt Upsaus und betrachtete sie mit kritischem Staunen. Es war Milda mit den breiten Hüften und den kleinen schlaffen Brüsten echt bis auf das Haar, das ihr immer über die rechte Stirnseite herunterfiel. Und doch war es etwas ganz andres Es war dunkle und schweigende Erdmitte, bereit zu empfangen und zu tragen. Es war ewiger Urgrund, in den die dunklen aufgewühlten Ströme münden, um an

anderer Stelle die Ufer zu zerreißen und beruhigt und geläutert eigene, neue, breite
Straßen zu ziehen.

Ich ging hin und her in der Stube mit starken Schritten. Sikras immer dicht neben mir.
Seine kräftig bemuskelten und kurzen Lenden stießen fortwährend an meine Filzstiefel,
im Drang, sich meiner Gangart vollkommen anzupassen. Ich war voll zersprengenden
Glückes und doch in grübelnder Frage. Die Groteske, die Karikatur sollte mein Feld sein?
Wie wunderbar war dieses. Aber ich erkannte, hier hatte ich zum ersten Male etwas
geschaffen, ohne jede Anlehnung oder Anklang an früher Erblicktes. Und übrigens, war
es rein grotesk? War nicht irgend etwas darin, das zu einem andern die Brücke schlug?
Kam etwas zu mir? War es auf dem Wege? . . .

In dieser Nacht hatte ich sonderbare Träume. Einmal war die ganze Hütte bevölkert von
weiß Gekleideten, die mit geheimnisvoller Gebärde mich zu rufen schienen. Dann war
ein Fremder in der Hütte, und ich rang mit ihm. Aber der Fremde war eigentlich ich
selber. Ich hätte nur sein Gesicht sehen müssen. Aber es war verdeckt von einer
schwarzenFaschingsmaske, und es gelang mir nicht, sie herunterzureißen. Als ich in
Schweiß gebadet erwachte, brüllte und krachte es um das Haus, und die Bäume
stöhnten. Ich schreckte zusammen. Die Scharen Weißgekleideter fielen mir ein, die in
der Nacht durch die Hütte wallten wie Nebel. Waren es die Seelen derer gewesen, die
einst am Widelsee geopfert hatten? Als der Kriewe Kriwaito den geschälten Birkenzweig
aufhob? Stürzte Perkun rote und weiße und graue Stämme durcheinander in dieser
Nacht, daß er sich selber bewiese?

Mit einem Ruck sprang ich von meiner Matratze. Ich fühlte, wie jedes einzelne meiner
Haare sich aufrichtete: Der Widelsee! Ich hatte ihn schon betreten! Die ungeheure freie
Strecke im Herzen der Wälder, ein wenig eingesenkt zur Mitte hin, damals, als ich den
Widerschein des Nordlichtes erblickte!

Ich kleidete mich an noch in halber Dämmerung. Ich mußte heut in den Wald. Koste es,
was es wolle. Als ich vor die Tür trat, schien mir die Luft verändert. Irgendeine
Bewegung, gespannte Unruhe empfing mich. Die halbmeterlangen Eiszapfen, die bisher
selbst in der kurzen, grellen Mittagssonne sich nicht verändert hatten, hielten jeder
einen großen schweren Tropfen an seinem Ende. War der Tausturm unterwegs? Von
Litauen herauf? Es mochten noch viele Tage hingehen, ehe man im Schneemodder bis
an den Gurt versinkend den Auerhahn ansprang. Aber die ungeheure Erregung, die ins
Blut trat wie ein Fremdes, war sie nicht der Vorbote?

»Sikras – nein, Sikras, heut kannst du nicht mit.« Er hatte sich, als wir die Ziege
besorgten, einen rostigen Nagel in den linken Hinterballen getreten. Ich hatte ihn
entfernt und die Wunde gereinigt. Aber er lahmte noch stark.

Sikras konnte mir nicht glauben. Er empfand den Abschied wie einen fürs Leben. Er
klagte mit einem einzigen langen Heulen, als ich die Türe verschloß. Aber dann, wie ich
ihm zuwinkte, als er von der Fensterbank aus mir hinterdrein sah, gab er keinen Laut
mehr von sich. Nur seine Seele brannte in seinen Augen. »Auf Wiedersehen, Sikras! Auf
Wiedersehen, mein Freund!«

Diese Wanderung in dem Wald entschied für mich nach der einen Seite hin. Ich mußte ohne Sikras gehen an diesem Tage. Mit seinem hingegebenen Auge neben mir hätte es nicht zu mir kommen können, wie es kam.

Mit Hilfe des Kompasses war ich zuletzt an den Widelsee gelangt. Hier war der ungeheure Kampf einmal ausgefochten worden zwischen Menschen und Göttern. Ich stand und schaute und lauschte in die Totenstille. Das matte Türkisblau der Zweige, das tiefere dunkle Blau der Schatten auf dem Schnee wurde deutlicher in der beginnenden Dämmerung, die jeden Kontur noch sanfter verschwimmen ließ. Alle Schatten bekamen eine schwebende Durchsichtigkeit, wie verklärte Seelen, und da, wo sie in das ganz Dunkle übergingen, schien das letzte Geheimnis zu warten. Die endlose Schneefläche war nicht mehr aufdringlich grell, sondern wie aus einer eigenen inneren Schönheit heraus leuchtend. Und die äußersten Schatten des Waldrandes zitterten über ihr wie bläuliche Nebel, mit Purpur verbrämt. Aber immer schien das Eigentliche erst hinter dem Sichtbaren zu stehen. Und dieses Verhüllte war zugleich das Lockende.

Nun, hier an dieser Stelle begriff ich, weshalb ich Lionardo am meisten liebte von allen. Er war der Fürst des Zwischenreichs. Nur wo wir noch nicht ganz wissen, ist Reiz. Und Sehnsucht und Wunsch wachsen am Versagten.

Ich wandte mich endlich wieder dem Walde zu. Wer es vermöchte, diese Dämmerung im Bilde auszudrücken! Wie das Silber eines alten Kelches, überlaufen vom Hauch des Frauenmundes, der einem andern Munde aus diesem Kelch Liebe zutrinkt.

In diesem Augenblick geschah das Unerwartete. Schon eine Weile hatte ich ein Prasseln und Schroten, Klatschen und Schnauben gehört. Zuerst dachte ich, es sei der Sturm. Aber nun brach es durch die Dickung, das Tier, vor dem die Pferde schaudern: ein uralter Elch! Er hatte keine Witterung. Er lief mit dem Winde vom Süden herauf. Er stampfte.

Unwillkürlich griff ich nach meiner Flinte. Ich legte an. Im nächsten Augenblick setzte ich ab. Wozu? Dies war Mord. Ich bedurfte seiner nicht zur Nahrung. Warum sollte ich ein Leben auslöschen, das niemandem schadet, wenn doch der Tod auch keinem nützen konnte?

Ich stand und starrte ihn an. Er war erschütternd in seiner grotesken Häßlichkeit. Wie ein Scheusal der Urzeit trabte er durch das Grauen. Im nächsten Augenblick, als er sich seitwärts wandte, bekam er Witterung. Jäh warf er den Kopf herum mit dem riesigen Gebäum, äugte und erblickte mich. Sekundenlang standen wir uns gegenüber, und der Ausdruck des wilden Entsetzens in diesen Tieraugen traf mich wie ein Schlag. Gleich danach tat der Elch einen ungeheuren Seitensatz, und wieder hörte ich es krachen, klatschen, prasseln, schnaufen, als sei die Hölle hinter einer verdammten Seele. Ich stand noch immer. Der Sturm kam wieder. Wie ein langgezogenes W–w–w–w–w– ging es über mich hin. Er war dunkler geworden. Was für ein Ding hockte da oben in den Zweigen der Esche und grinste mich an? Wo hatte ich solch ein Scheusal schon einmal gesehen? Während ich noch sann – mein Gott – war der Wald voll davon? Diese Hexe mit dickem Bauch auf dem Besen? Und das Vieh, gebläht, geschuppt, geschwänzt, lang wie die Ewigkeit mit diesem ganz kleinen, flachen, unsinnig schauderhaften Kopf? War die Hölle losgelassen? Ich spürte eine leichte Kühle im Genick. Und dann trat sie mir als

Unbeschreibliches in jeden Blutstropfen. Dieses Unbeschreibliche fing an, in meinen Schläfen zu brennen, es schlug in der Schlagader in meinem Hals, es zuckte in jedem Nerv. Es war in keiner Weise einer körperlichen Furcht vergleichbar. Diese hatte ich nie gekannt. Es war der Schrecken vor den Geheimnissen hinter den Dingen. Es war die Angst vor den Geheimnissen der eigenen Seele, ihrem Hin und Wider, ihrem Auf und Ab. Ich suchte nach einem Schimmer von Licht. Auf dem Grunde des Waldes war Nacht geworden; hinter jedem Stamm und die Stämme hinauf hockte und grinste das Grauen. Aber höher, über Stämmen und Kronen und Astgewirr, über alles Erdgebundne hinaus . . . ich fühlte, wie meine rückwärts gekrümmten Nackenmuskeln sich lösten, etwas Verkrampftes löste sich, wurde weich und atmete tief: hoch oben, ganz hoch zwischen dem feinen Geäst der Esche hing ein mattblauer Himmelsfleck. In diesem zarten, kindlichen Blau sah ich drei Sterne sich schaukeln und über ihnen die junge, unschuldige Mondsichel.

Die Esche Yggdrasil! mußte ich denken. Der Windbaum, an dem Odhin hing und sich verströmte. Und plötzlich sah ich ein anderes Holz vor mir; daran hing auch einer, der sein Herzblut schon lange verströmt hatte, ehe der Speer ihm die Seite aufriß. Und wieder spürte ich die Kühle im Genick. Nur diesmal nicht mehr vom Entsetzen, sondern von der Erhabenheit des Unaussprechlichen.

Erst später dachte ich, es müßten die drei Sterne aus dem zweiten Dreieck des W der Cassiopeia gewesen sein, die ich erblickte, mit dem hellen, strahlenden Schedir. Damals dachte ich nicht an Sternennamen und Wunder. Denn plötzlich sah ich sie schweben auf der Mondsichel, die ewige Mütterlichkeit, die ewige Milde neben der Erhabenheit. Ganz Seele, ganz Süße und letztes Erbarmen aus letzter Liebe heraus, letztem Erleben und letztem Erdulden, sah ich die Himmelsmutter auf der Mondsichel schweben, den Gott im Arm.

In diesem Augenblick ging wie ein blauer Blitz das Geheimnis und die Uridee jeglicher Kunst vor mir nieder: Die Natur eines Landes schuf seine Kunst. Die ewigen Wälder hatten die Gotik geboren. Ihre steten Wandlungen im Jahreslauf, die lange, dunkle Bangigkeit des Winters, die eilende Süße des Blühens. Alle Fensterrosen waren Sehnsucht nach lachendem Sonnenrund. Sehnsucht waren die Türme, die sich über das Grauen der Tiefe wie Pfeile in ihre lichtere Heimat emporschnellten.

Ja, stand ich denn noch, die Flinte auf dem Rücken, im Herzen eines kurischen Waldes? Vielmehr ich stand in der Tiefe und im Dämmern eines gotischen Domes. Auf den weitverzweigten Wipfeln der Pfeiler ruhte der Himmel der Heiligen und Verklärten. Es war nicht der Tausturm, der von Litauen herauf jagte, und der die Schnepfe und den Auerhahn bringen würde, es war die dunkle Gewalt der Infrabässe, die in den Wipfeln der Säulen wühlten. Vox humana bebte in flehender Inbrunst, dulcit öffnete den blauen Mantel der Liebe, vox celesta strömte über wie Regen der Barmherzigkeit, und ganz hoch, ganz fern hinter den drohenden Wolken verborgen, war das übermenschlich heilige Gottesauge.

Mir war, als stünde ich auf der Todeslinie zwischen Diesseits und Jenseits. Hier, jetzt eben begann das, was ich meine Wandlung benannte.

Ich verstand, daß ich das Wesen der Gotik in mir trug. Das heißt alle äußersten Gegensätze: das Heilige und das Ruchlose. Die Ekstase und die Dämonie. Alle Reinheit und allen Raub. Das Verlangen nach der Gottesmutter und die Lockung der Lilith.

Ich wußte damals noch nicht, daß jeder echte Künstler diese Phase durchmachen muß. Daß sehr viele aber sich dessen niemals klar bewußt werden oder dazu gelangen, aus Erdhaftem und Göttlichem, aus dem chaotischen Widereinander der Aufströme und Verzweiflungen einmal, nach langen, schweren Läuterungsjahren, in die Einheit oberster Gesetzmäßigkeit einzugehen. Der letzte Sinn des Menschen aber und sein letztes Gesetz ist: der Mensch. Nicht der Gott oder das Tier, nicht der Heilige und nicht der Verruchte, sondern der Mensch, der dieses Leben lebte und erfuhr, dieses ganz schreckliche, herrliche Leben mit seinen sonnebestrahlten Gipfeln und seinen Abstürzen, seinen weiten Himmeln und dumpfen Kellern, seinen Wogenkämmen und seinen Untergängen, seinen Sommergluten und Winternächten, mit allen seinen Schulden und Wundmalen und letzten Entzückungen. – Ja, dieser Mensch, der von allem Dinglichen und Kreatürlichen Besitz ergriffen hatte und von ihm besessen wurde, und dem aus solcher Fülle die letzten Erkenntnisse erwuchsen, die letzte Liebe und der letzte Wille, so daß er frei wurde, dies alles zu haben oder zu lassen, weil er sich mit allem in die Tiefe Gottes hineinbarg: dieser Mensch war das Gesetz des Menschen!

Aber dieses Wissen konnte damals allerdings noch nicht mich beruhigen und zugleich aufrufen. Ich wußte noch immer nicht, daß Kunstschaffen grausam ist wie die alten Heidengötter, die Blutopfer verlangten. Und daß, je stärker und machtvoller die Ströme des Blutes und der Seele rauschen, um so schmerzhafter und tiefer sie ihre eigenen Läuterungsbecken graben müssen. Ich wußte noch nicht, daß, je abgründiger die Marter, um so höher die Flamme aufglüht, bis sie im Werk sich loslöst vom persönlichen Erlebnis und Gestalt wird und ein Neues und eine Vollkommenheit. So ist Passion Ritterschlag zum Menschentum. Aber für den Künstler zugleich der tiefe Quell, ohne den sein Werk niemals erblühen und reifen könnte . . .

Aber wie hätte ich dies alles damals schon wissen können? Lil, du mußtest doch erst kommen und die süße Wunde mir einbrennen. Sieh, soeben ist sie wieder aufgebrochen, und ich blute an ihr, wie ein Birkenstamm im Frühling blutet, wenn man ihn mit dem Messer schnitt. Ach, so soll ich ihn heut noch einmal spüren auf der lächelnden Insel meiner Gelassenheit: Eros, den allmächtigen. Seine Grausamkeit soll ich noch einmal spüren, das Gift und die Geißelhiebe, aber auch das Rauschen seiner göttlichen Flügel, den Duft seiner Rosen und die Schauer der Entrückungen. Lil . . .

Wenn ich aufgeschrieben habe, warum ich das silberne Herz, das mir wieder kam, zwischen die schenkende Mutter Gottes legte und Lilith, dann werde ich es öffnen.

An jenem Abend stampfte ich nach Hause wie jemand, der seiner Füße nicht ganz sicher ist und der sich besser auf Flügel verließe. Alles Angstgefühl war im tiefen Glück einer sehr lange und schmerzhaft gesuchten Erkenntnis aufgegangen. Der Gedanke, daß die Natur die Grundlage für die Kunst, ja, bis zu einem Grade auch für die Religionsform eines Landes bildet, ließ mich nicht wieder los. Ich dachte an Ägypten; das tödliche Schweigen und die Erhabenheit der Wüste hatten seine Pyramiden geschaffen. Ich dachte an die Heiterkeit des griechischen Himmels und das heitere Maß und die Vollendung seiner Bauwerke und Bildsäulen. Ich dachte an Indiens Urwälder voller Schönheiten und Schrecknisse, voller Üppigkeit und Fäulnis, und an seine Tempelstädte. in denen sich neben keuschester Inbrunst Sinnlichkeit und Metaphysik ins Groteske übersteigern.

Gut. Alle die folgenden Nächte, beim lodernden Kienspan, und wenn der Atem von Sikras der einzige Lebenslaut war, überkam mich der Rausch. Es war Darbringen und Empfängnis in einem. Das männliche und das weibliche Prinzip verschmolzen in mir. Jede Nacht machte ich eine Figur oder auch zwei. Wenn ich mich gegen Morgen auf meine Matratze warf, war eine sanfte und glückliche Ermattung über mir, wie nach körperlicher Hingabe. Ich schlief sofort.

Aber wenn der Tag anbrach, trug ich die Ergebnisse der Nacht an das Fenster. Das Licht weilte nur kurz, und es war unendlich nüchtern und kühl. Diesem kritischen und schonungslosen Blick mußten die Kinder einer warmen und beseligten Nacht standhalten. Da waren die dumpfen Zweifel schnell genug wieder zur Stelle und der Druck der Niedergeschlagenheit. Aber nicht ein einziges Mal in diesen Monaten verließ mich ein zähes Wollen zu einem noch fernen, verhüllten, aber dennoch bereits im Glauben erfaßten Ziel hin. Dieses Wollen war wie der Kompaß auf meinen Wanderungen durch die Wirrnis dieser kurischen Wälder. Auch dieser Weg zeigte die Spuren von blutigem Schweiß. Aber wenn man nur nicht nachließ, nur niemals ermattete. Die letzte Gnade, die hinter der goldenen Pforte stand, sie würde sich vielleicht einmal schenken. Aber erst, wenn unerbittliches Ringen sie alle überwunden hatte, die Ungeheuer und Scheusale am Wege. Wenn der Wanderer und Kämpfer zuletzt, das blutige Schwert in der Hand, auf der Schwelle kniete vor der goldnen Pforte.

Zehnmal habe ich in jener Zeit vernichten müssen, um neu anzufangen. Das erscheint mir heut beinah als das Schwerste. Weil jede mühsam errungene Erfahrung nur innerlich festgehalten werden konnte. Keine Stufe, die ich erklommen hatte, durfte bestehen bleiben, daß sie mir als Sprungbrett für die nächste diente. Ich hatte so wenig Lehm, ich mußte das Fertige erbarmungslos vernichten und zum Neuen sogleich mit größerem Anlauf ausholen.

Als der Frost nachließ, hatte ich es ein paar Wochen gut. Ich benutzte den Schnee als Material. Einen phantastischen Anblick bot meine Wiese vor dem Hause um jene Zeit! Aber zuletzt kam doch der Augenblick, daß ich sie vor mir sah, wie ich sie in der inneren Schau getragen hatte: die Upsaus und Mildas. Nun waren sie allerdings nicht mehr allein, der Knecht und die Magd, die mir dienten. Es war der Heimtücker, der dort stand, der Rachsüchtige, der Tor, der Mißhandelte. Es war die Demut, die Hingabe, die Unbewußtheit, die Marter. Aber es waren auch andere Gestalten dazwischen: ein Luchs mit bösem, schielendem Menschengesicht, ein Ding wie eine Fledermaus, das wie Nacht und Sturm und Grauen wirkte, eine Hexe auf einem Wolf, die irgendwie selber Wolf wurde, und der Drache mit dem Leibe, endlos wie die Ewigkeit, und dem entsetzlichen, stirnlosen Kopf, der nur Kiefer war. Ich arbeitete meist bis tief in die Nacht hinein. Sikras begriff mich gar nicht mehr. Ich hatte mir ein paar primitivste Modellierhölzer geschnitzt. Ich modellierte auch Sikras. Als er fertig vor mir stand, ergriff er mich. Es war die Personifikation der Treue.

Am Tage gingen wir immer ein paar Stunden heraus, Sikras und ich. Diese wunderbaren zerkochenden Tage waren angebrochen, wenn das harte Weiß der winterlichen Todeslaken brüchig wird, damit das zuckende Leben darunter leichter atmen kann. Noch ist er nicht zur Stelle, der lachende Sieger, von Süden herauf, aber schon brechen seine wilden Atemstöße durch die Kronen der Föhren. Die Polarbirke, die der Elch im Winter krank schälte, reitet er nieder, und immer ist irgendwo ein ungeheurer Herzschlag, der näher kommt, näher, bis er ins eigene Blut tritt, daß es aufsiedet.

Die verhüllte und zugleich aufglühende Schönheit der Landschaft um diese Zeit nahm mich völlig gefangen. Moor und Wald standen vor ihrer Wandlung. Unter den gebräunten Schneefetzen erschien das Gras wie Messing verfärbt, verfroren. Und dazwischen unwirklich grüne Moospolster. Die Birkenstämme standen noch seltsam umdämmert, die steinalten Föhren mit den zottigen Flechtenbärten flammten plötzlich auf wie kupferne Tempelsäulen. Dazwischen kroch niedriger Erlensumpf, blaß umgeistert, elendes Kieferngekrüppel, geheimnisvoll umblaut.

Es war gut, daß Auerwild und Birkwild zu balzen begann, sonst hätte mich das Verlangen nach Malleinwand und Farben toll gemacht. Wie es war, tötete eine Tollheit die andere. Upsau brauchte mir die Balzplätze im Walde nicht zu verraten. Ich hatte sie von selber entdeckt. Dies war überhaupt das Wunderbare und wie ein schwingendes Glück, daß ich mich in die Geheimnisse dieser kurischen Wälder hineinspürte, schnell und tief wie ein Liebender. Oder hatte ich sie auch schon immer gekannt? Das Erlebnis der Wälder war dem der fränkischen Städte sehr nah verwandt. Nur daß dieses hier jeden Nerv und jeden Blutstropfen zur Freude aufrief und alles Lebensgefühl ins Ungemessene steigerte. Wie war es möglich, daß ich alle die Jahre im steinernen Meer der Großstadt gelebt hatte? Hier war zum erstenmal Heimatgefühl für mich. So stark, daß es fast schmerzte. Hatte ich nicht hinter dem Windbruch, wo der schlanke Ebereschensämling aus dem Wurzelballen der herausgewühlten Föhre hervorsproßte, schon einmal beim Lagerfeuer gesessen und träumerisch zugesehen, wie die Bekassinen zwischen den Gabelstöcken hängend, in ihrem eigenen Fett siedeten? Oder riß ich dem weißen Hasen, dem »Lieping« der Letten, den Balg herunter und hieb meine Zähne in sein rauchendes Fleisch, während mein Hund den Aufbruch hereinwürgte? Oder aber stand ich beim Trompeten der Kraniche, als die funkelnden Königsweihen in den Spiralen ihrer Liebesflüge sich immer kühner übergipfelten? Oder wenn der Alte mit den großen Rosen über den Augen und herrlich gespreiztem Stoß bebenden Leibes wetzte, wirbelte und sich verzückte? Und glaubte nicht mein eigenes Herz über seinen Liebesstrophen zu zerbrechen in einer ungeheuren, schmerzvollen Verzückung? Über diesen Strophen, die das Heut und das Uralte und das Kommende zusammenfügen zu einem Unwiderleglichen und Unsterblichen. Ja, wenn die Säulen des Weltenbaues zusammenstürzten, würden diese Strophen noch rauschen, bis dem gleichen verzückten und schmerzhaften Muß die neue Welt sich entrang.

Upsau hatte mir Lederstiefel herschaffen müssen, hochschäftige bis in halbe Schenkelhöhe. Zuletzt waren sie doch noch zu niedrig. Ich hatte die kurischen Wälder doch noch unterschätzt. Als ich den Auerhahn ansprang, lief mir der Schneemodder oben herein. Zu solchem Abenteuer durfte Sikras allerdings nicht mit. Er konnte mich wieder nicht begreifen, als ich in der Nacht um ein Uhr aufstand und ihn nicht rief. Das erstemal wurde doch nichts. Nordwind hatte sich aufgemacht. Leichter Schnee fiel. Die Kälte verhinderte die Hähne zu singen. Um fünf Uhr morgens war ich schon wieder im Bett, und Sikras, der mich in einem völligen Freudentaumel empfangen, legte sich quer über mich wie ein Schiebebaum vor ein Tor, das sich nicht mehr öffnen soll. Nun, schon in der nächsten Nacht mußte ich es ihm wieder antun. Aber auch dieses war umsonst. Ostwind kam auf und kältete den Regen. Das Birkwild hielt sich in Deckung. Einen Auerhahn hörte ich balzen, aber an einer andern Stelle, als wo ich ihn vermutet hatte. Auf dem eigentlichen Balzplatz regte sich kein Laut. Es hieß noch warten. Die Herren waren noch zerstreuter Laune. Das Gesetz der Platzbeständigkeit hatte noch nicht von ihnen Besitz ergriffen. Aber bei meinem dritten Pirschgang, es war in der Nacht zum Gründonnerstag, am April 2/15 alten Stils, da geschah es.

Ich hatte schon zwei Stunden gestanden und gewartet; ich fing an zu frösteln. Die Finsternis hockte noch unter den Büschen. Das Zirpen und Schwirren einer Sumpfmeise zwischen Ellern und Saalweiden und ein Binsenrohrsänger waren das einzig Lebendige an der Stelle, wo der Wald in das Moor übergeht. Plötzlich sprang mir das Blut zum Herzen wie heißer Südwein: kurruh – kokorohtrut – trut kam es wie berauscht von dem kleinen Teich herüber, der im Sommer wie ein fremdes, dunkles Auge mitten im Moor sich auftat.

Ich wußte es damals noch nicht, alle diese Kenntnisse sollten mir erst nach und nach kommen, aber irgendwie trug ich sie schon im Blut. Als ich sie später antrat, schien es mir, als ob uralte Erfahrungen sich nur wieder bestätigten. Fünf Werst südwärts hatten die Kraniche ihren Kultplatz, einen sanften Hügel, der im Sommer mit einem schwellenden Überzug aus dem Gestrüpp der Preiselbeeren, Multebeeren und Moosbeeren ganz bedeckt war. Die Kraniche bereiteten sich zum Tanz, zu diesem wunderbaren Tempeltanz, dem Licht und der Liebe anbetend dargebracht. Es zog mich in allen Gliedern, dieser Lockung zu folgen. Immer heller und hallender luden die Trompetenstöße zum Fest. Aber heut mußte ich ausharren hier. Heut mußte der andere kommen!

Als die Kraniche abgestrichen waren, hörte man das unsichere, höflich verlegene Flöten einer Graudrossel. Sie war wohl erst seit kurzem am Ort. Was so sonderbar miaute wie eine Katze, mußte ein Moorkauz sein. Die Langschläfer, das Birkwild, rührten sich noch immer nicht. Aber der Spielhahn fing an zu rumoren. Drüben auf der kleinen Schilfinsel schiebt er wahrscheinlich wie ein riesiger, sonderbarer und glänzender Wurm langgezerrt den Körper am Boden entlang, oder er wirbelt im Kreise, daß die dürren Halme stieben. Denn fortwährend hört man diese dumpfen rhythmischen Kullerstrophen wie die Musik primitiver Instrumente. Ja, als ob jemand mit dem Leib über einer geblähten Ochsenhaut liegt und abwechselnd Fäuste und Füße hineinstößt, so klingt es. Aber wie ich noch denke: so – und jetzt wird gleich ein Chor in der Fistel anfangen, ganz hoch, ganz unmenschlich, gerade als ich das Mysterium Asien im Blut spürte und die kleinen kühlen Schweißtropfen auf der Rückenhaut, gerade da geschieht es: vom Moor rauscht es herüber, über die Elsen weg, über die Kiefernkrüppel. Wie ich es mir vorher gedacht hatte: in die Föhre fällt er ein wie der Donner, in den Baum, alt wie eine Legende. Er ist da, der König und Herr!

Ich beschaue ihn durch mein Glas. Meine Augen sind Jägeraugen. Aber ich möchte kein geringstes an ihm verlieren, kein kleinstes Merkmal und keine Gebärde. Er sichert nur kurz, äst sich gleichgültig an einer grünen Blattknospe, er horcht. Er ist nicht jung und nicht alt. Er ist nicht dürr und nicht allzu schwer. Er ist auf der Höhe des Lebens. Er ist, was unter den Menschen ein wohltrainierter Vierziger ist, dem niemand seine Jahre nachrechnen kann. Nicht mehr toll ist er und tapsig oder überschwenglich wie ein Junger; aber mit dieser beherrschten und zugleich hinreißenden Glut des Wissenden und Erfahrenen. Er reckt die Ständer, ohne sich zu übereilen. Plustert sich in Siegerstellung. Verhofft wieder eine Weile. Plötzlich, wie sich noch nichts ereignet, neigt er Kopf und Hals und stößt in das grau beginnende Wolkengeschiebe einen Ton wie ein stumpfes Messer, rauh und wild, zusammengepreßt von Leidenschaft. Über diesem Ton müssen Wald und Moor den Atem anhalten.

Aber wie alles um ihn her noch benommen schweigt, fächert sein Stoß klirrend auseinander: klick – klippi – klick – die große Bezauberung beginnt. Ein Lied voll Erinnerungen und Süßigkeit. Ganz leise und zärtlich und trotzdem den Stahlton des Herrn auf dem Grunde der Melodie. Wie dann an Erinnern sich Wunsch entzündet, rundet sich die Stimme, bekommt Glockenmetall. Eine neue Strophe setzt ein. Die trillernde Strophe des Werbens, die Wirbel des Hinreißenden. Der Rhythmus beschleunigt Strophe auf Strophe. Der Körper erbebt. Die Schwingen sind ermattet herabgesunken. Aber die Augenrosen bekommen den Glanz von Korallen.

Und plötzlich hält er wieder inne. Noch – nicht?

Der Wald hat sich in blasses Violett aufgelöst. Die Föhrenstämme fangen hoch oben bereits an zu brennen. In dem hellgrünen Himmel schaukelt der Morgenstern. Die Sonne, selbst noch verborgen, hat die Wolkenränder schon gefärbt. Nun ist die hohe Stunde angebrochen. Der Auerhahn, der wie leblos stand und verhoffte, scheint plötzlich durchströmt von einer Kraft außerhalb seiner. Die Ständer reckten sich aus wie Stahl, der Brustkorb wölbt sich wieder, die Schwingen bekommen Kraft: Jetzt – jetzt! – Das Lied der Leidenschaft jagt dahin. – Ganz kurz werden die Rhythmen, scharfe und zugleich gedämpfte Aufschreie stoßen hinein. Er taumelt, wie er hin und her tritt. Er hört nicht, und er sieht nicht. Seine Augenrosen glühen wie Rubinen. Die große Verzückung hat angefangen.

Im Gebüsch schwirrt es und gackert und lockt leise. Zwei Hennen sind eingefallen. Oben in der Föhre, die in Feuer getaucht wurde von der Sonne, die den Hochwald überstieg, rast noch immer das Lied – das uralte Lied . . .

Ich hätte ja nur die Büchse an die Wange zu legen brauchen. Nur ein leiser Fingerdruck war notwendig . . . Ich war nicht imstande dazu. Ich ließ ihm seine hohe Stunde.

Am nächsten Morgen geschah es dann doch. Irgend jemand stieß mich. Irgend etwas riß mir den Drilling herauf. Ich hatte nun vier Nächte nicht mehr geschlafen. Tausturm war in mir. Irgendein Unerträgliches. Da tat ich es.

Als er dann vor mir lag, so stolz, so schön, die Augen geheimnisvollen, matten Glanzes, die Geschlechtsflecken, eben noch purpurn glühende Kränze, von einer fremden Kühle überstreift – war mein Blut ganz ruhig. Dieses Unerträgliche in mir hatte aufgehört. Trotzdem fühlte ich, als hätte ich gemordet. Nicht totgeschlagen im Affekt. Gemordet mit freiem Willensentschluß. Aber es war keine Trauer in mir. Ich begriff mich nicht. Verzehren konnte ich ihn nicht. Konnte ihn auch nicht in die Stadt schaffen zum Ausstopfen. In der Nacht träumte mir von ihm. Ich sah ihn nicht. Aber er war da. Die ganze Behausung war erfüllt von ihm und seinem Gesange. Ich erstickte. Vielmehr mein Herz brach mir darüber. Ich fuhr aus dem Schlaf mit einem Schrei, der Sikras völlig um den Verstand brachte. Am folgenden Tage modellierte ich den Hahn. Er sah aus, als ob eine Pansflöte seinen Gesang begleitete. Ich begrub ihn, ehe Upsau kommen konnte und den Vorschlag machen, ihn acht Tage in sauren Schmand zu legen. Nachher hatte ich Ruhe vor ihm im Schlaf. Aber im Wachen plagte er mich noch oft. Erst viel später sollte ich erfahren, daß dennoch eine rote, schmerzhafte Flamme bei diesem Schluß in mir gelodert hatte. Eine höchste Instanz würde auf diese Flamme sehen, beim Abwägen der letzten Ja und Nein.

Mit den Bekassinen und Schnepfen war es dann einfacher. Ich schoß sie zur Nahrung. Auch durfte Sikras mit von der Partie sein. Wenn er wie eine lange Rute aus Stahl über die weite fahlgrüne Wiesenfläche des früheren Widelsees dahinjagte und sie zusammenschleppte, ein Stück braunes, weiches, erloschenes Leben nach dem andern, hatte ich niemals die Empfindung des Tötens, sondern die leicht und glücklich erhöhte Temperatur, wie nur der Wein, die Kunst, die Nähe von Frauen und die Jagd sie verleihen können.

Ich war jetzt fast immer draußen. Früh vor Tag stand ich auf. Es trieb mich um in irgendeiner bangen und seligen Erwartung. Im Walde war es an manchen Stellen so weiß von Anemonen, als sei der Winter noch einmal zurückgekommen. Aber kaum vierzehn Tage später, als der Faulbaum und die wilde Kirsche über Nacht erblühten, irrte ich mich zum andernmal. Ja, dies war das Wunder hier, die Schnelligkeit, mit der Leben und Entfalten sich abwickelten, nachdem die grenzenlose Starre überwunden war. Dies war nicht wie deutscher Frühling. Ich hatte deren genug auf den Gütern der Verwandten genossen. Damals hatte sich jeden Tag eine neue Lieblichkeit enthüllt. Hier schien die Zeit zu taumeln. Als dürfe kein kleinster Augenblick ungenutzt bleiben. Von heute auf morgen hatten die purpurnen Blütenbüschel der Esche und die festem Granatschnüre der Erle sich gelockert. Esche und Erle, nachgeborene Geschwister von Ask und Embla, den ersten Menschen der Erde, von den Söhnen des Riesen Bör aus einem Eschenstamm und einer Erle geschaffen. Nun erfüllten sie wieder den Dämmer des Waldes mit dem goldenen Aufstrom der Liebe, und die Hasel einte sich ihrem Hochzeitsfluge. Von heut auf morgen war die weiße Welle der Anemonen von der lichtblauen der Leberblümchen überströmt worden. Von heut auf morgen wehten die zartgrünen Banner der Birke an freieren Stellen des Waldes im Morgenwind. Lungenkraut, Euphrasia, Siebenstern, Maiglöckchen, Tausendgülden und das geheimnisvolle Salomonssiegel, das die Springwurzel birgt, alles folgte einander in fieberhafter Eile.

Oh, mich verlangte weder nach Schätzen noch Quellen. Sonst wäre es ja ein leichtes gewesen, mir in der Karfreitagsnacht vom Haselstrauch die Wünschelrute zu schneiden. Aber zuweilen, wenn ich an den vermummten Machandeln vorüber kam, fiel mir die gute Agathe ein, die so vieles wußte über die heimlichen Kräfte in Pflanzen und Sternen, die Glück und Kraft und Schönheit verleihen und zur Liebe zwingen. – Ich dachte nicht darüber nach, ob meine Getreue selber solche Kenntnis niemals erprobte, oder ob ihr trotzdem letzte Erfüllung versagt blieb. Ich dachte überhaupt nicht so sehr viel in diesen Wochen. Tausturm wühlte noch immer in meinem Blut. Und ich wünschte . . . wünschte . . .

War es anders möglich hier? War ich nicht den Geheimnissen und Urkräften des Lebens ganz nahe hingegeben? Lil, denkst du daran, als an jenem Morgen nach dem leisen, fruchtbaren Regen der Nacht der ganze Wald voll Trudenbeutel stand? Du kanntest diesen Namen des Bowist nicht, der die Regentrude verantwortlich macht. Aber wie deine Augen groß wurden über ihm, als wir den geheimnisvollen Riesen anschlugen, und er verstäubte sich und sank zusammen! – An dem Abend dieses Tages gingen wir zur Sumpfjagd. Denkst du noch an die berauschte und tanzende Seele des Holzfeuers, als ich am Bug des Schiffes stehend mit der Harpune die drei großen, seltsamen Fische fing? Sie glichen Karpfen, und du behauptetest, der eine wäre bemoost. Denkst du noch an unser Boot? Ganz allein hatte ich den Stamm der Aspe ausgehöhlt. Du lagst darin wie in einem Kanoe, und die wilden Schwäne segelten über uns hin wie eine weiße und bebende Wolke der Sehnsucht. Ja, es war damals, als wir in der Frühe am Rande des dampfenden Waldes unser Lagerfeuer anzündeten und unsere Fische brieten. Als ich dir die Hütte baute! Tränen traten in deine Augen, als die Sonne aufging. Die Nächte waren weiß um jene Zeit. Aber nun, als die Sonne kam, und die Tropfen an den Blättern und in den Spinnennetzen erglühten, jederim Schimmer eines anderen Steins, und die Föhrenstämme fingen an zu brennen – damals, Lil, sah ich dich zum erstenmal weinen vor Glück.

Es ist noch nicht an der Zeit. Später, später. – Nur dieses noch, Lil, weil mir eben mein Herz davon schlägt wie ein Hammer: wie wir das Wild beobachteten an jenem Morgen aus unserem Versteck! Das ganze Moor war voll davon. Du hörtest zum erstenmal die Birkhähne balzen und das Liebestrillern der Brachvögel, die wie Silber und Gold hoch oben unter dem Himmel kreisten! Und plötzlich glitt das Eichhorn den Eschenstamm herunter. Eilte es auch von dem allwissenden Adler der Krone zu Niedhögger, der Schlange in der Tiefe? Trug es wie in jenen verhüllten Zeiten aus seinem Haupt alles Wissen um Streit und Ungüte der Menschheit dem giftigen Erdwurm zu, daß er, von solcher Kenntnis genährt, frecher an der Wurzel des Weltbaums nage? Deutete die dritte seiner Wurzeln noch immer ins Reich der Lebenden, und die drei Nornen spannen darunter das dunkle Menschenschicksal heute wie damals? Lil, der Weltenbaum, der Lebensbaum, der Menschenbaum! Die Wurzel in der Erde, an der Wurzel die Schlange, aber über den Wolken das Haupt, und die Sehnsucht hoch über den Wolken! Ist das nicht der Mensch? Ask und Embla – Esche und Erle – du und ich – sind wir nicht die ersten Menschen der Erde? Oder aber, es könnte auch sein, daß die Erde schon deinen neuen Tag angetreten hatte. Vielleicht lagen Jahrmillionen, uferlose Zeiten der Entwicklung, Fluten und Untergänge zwischen damals und jetzt? Ask und Embla waren wir noch immer, die zwei miteinander und füreinander Geschaffenen. Aber hatte ich dich auch geraubt und fortgeschleppt aus dem Ring deines Chlans? Brannte nicht etwas in unserem Blut wie die Flamme unseres Lagerfeuers? Wäre er gekommen – er – dem deine Sippe zuvor dich gegeben hatte, mit dem Schenkelknochen des Wisent hätte ich ihm die Hirnschale zerschmettert. Ja, mit dem blutigen Schenkelknochen. Du! . . .

Ich warte ja noch! Ich will ja noch Geduld aufbringen, soviel es mir möglich ist! Morgen schon wird der russische Frühling Sommer sein. Und übermorgen ist der Sommer vergilbt und verweht. Wie mich verlangt nach unserem eilenden Sommer!

Nun, ich darf es vielleicht wirklich nicht übergehen und muß zuvor noch von dem Baron Rosen alles niederschreiben. Wenn ich ihn nicht erwähnte, hätte ich auch Rottmann fortlassen müssen. Dinge und Menschen sind zu unlöslich verkettet in all diesem.

Es war gegen Ende Mai an einem zeitigen Morgen. Man wußte bereits nicht mehr genau, wann die Nacht aufhörte und wann der Tag begann. Das brausende Blut ließ einen nicht lange in der Hütte. In den Mantel gewickelt, den Drilling im Arm, Sikras neben mir, hatte ich im Schutz unserer entwurzelten Föhre eine Stunde geschlafen oder zwei. Den Wurzelballen, dem der fröhliche Ebereschenstamm entsproß, deckte bereits ein dichtes Polster von Wettermoos, goldenem Frauenhaar, Kronsbeeren und Glockenblumen. Dieser geschmückte Ballen bildete das Zeltdach, und die herunterhängenden, zum Teil noch nicht zerrissenen Wurzeln waren von rankender Waldrebe und Efeu wie mit Tauen aneinandergestrickt und grün umwuchert. Dies wurde einmal unsere Höhle, später, als Lil und ich vom Wetter überrascht wurden.

Nun stand ich neben meiner grünen Tür. Das Hochmoor erstreckte sich vor mir in seiner ganzen Breite, und die Luft war erfüllt von Stimmen der Lust. Bekassinen meckerten, der Kibitz rief, die Rohrammer zirpte, und fern und hoch genug berauschten sich die Brachvögel. Ich achtete aber nicht auf sie; ich wartete auf Birkwild. Mit Volldampf war ein ganzes Geschwader von Westen her über das Moor gesegelt. Wie von einem geheimen Befehl hatten sie sich plötzlich auseinandergezogen, wieder geschlossen, stürzten sich in den Abgrund wie Verfluchte, ermannten sich wieder . . .

Sikras hielt sich bei Fuß. Manchmal ging ein Beben durch seine Flanken, der tiefe, breite Brustkorb erzitterte, und den braunen, gütigen Ernst seiner Augen sprenkelte Fieberrot. Aber niemals verließ ihn nur einen Augenblick diese herrliche Beherrschtheit. Er war vollkommen. – Nur jetzt, er schien zu erstarren. Welcher Frevel geschah? Ein Schuß? Ein zweiter? Und nicht von seinem Herrn? Der erste Hahn kommt herunter wie ein Stein, der zweite himmelt, daß er in die Wolke der Brachvögel hineingerät, die klagend abstreichen; aber dann hilft es ihm doch nicht. Mitten in das Röhricht stürzt er, wo der Moorkauz eben noch keckerte. Der dritte, nun . . .

In diesem Augenblick – allerdings nicht von allen Hunden kann man erwarten, was von Sikras zu erwarten war – aber ohne daß irgendwoher ein Befehl gekommen wäre, die herabgestürzten Stücke einzubringen, noch während das Birkwild durch die Dickung prasselt, bricht ein anderer Hund auf den Plan, ein russischer Barsoi, hoch, schmal, wie aus Glas, rahmfarben, schön! »Katja!« donnert eine Stimme.

Sikras stößt blitzartig den Fang in meine Seite. Dies war die letzte Probe. Mein Freund, ich verzeihe alles. Ich weiß. Jetzt ist es vorbei. Dieses kann weder Gott noch Mensch erwarten. Ich sehe sie schon federn, die Sprunggelenke. Ich sehe schon die breiten, scharfen Zähne am Nackenfell des Fremdlings. Ich spüre selber in meinen Augen etwas Heißes und Rotes. Wie in das Auge des Platzhirsches das Heiße, Rote tritt, wenn der Eindringling sich anmaßt . . .

Aber, was geschieht? Sikras, er schlägt den Boden mit der Rute. Er erlaubt sich nicht, seine Stellung zu verändern, aber irgend etwas scheint seine angespannten Glieder in Entzücken zu lösen; er stößt wiederholt leise und bebend die kühle Nase in meine Hand; er sieht mich an, Beschwörung in den Augen. »Was ist, Sikras?« Ah – die große Lockung! Ich habe begriffen. Allerdings . . .

Und wie ich mit einem Lächeln auf den Lippen Sikras die Freiheit gebe und er mit ausgebreiteten Armen und wie ein Toller der rahmfarbenen Hündin entgegenstürmt . . .

»Verzeihung!« In Schaftstiefeln, bis hoch herauf mit Modder bepatzt, Jagdjoppe und Filz moosgolden, die geprüfte Edelfarbe alles Jagdwesens, tritt Katjas Herr aus dem Haselgebüsch zur Rechten. die rauchende Büchse in der schmalen Hand. Der auffallend kleine Kopf, ein Merkmal alter, vielleicht schon übertriebener Rasse, zwischen mächtigen Schultern. Auch auf seinen Lippen ist ein Lächeln, aber ich bemerke es nur flüchtig; meine Augen werden unwiderstehlich von etwas anderem angezogen: von der breiten Narbe, die über die linke Wange läuft, schräg, wie von einem Peitschenschlag. Dieses seltsame Zeichen, das keine Narbe ist. sondern ein Mal, empfangen im Mutterleibe, muß ich anstarren. Unter meinen Blicken füllt es sich blutrot. Das herrische, anfangs aber liebenswürdige Gesicht entstellt sich in einem Ausdruck von Wut. Ich ermanne mich. Ich gebe meinen Augen eine andere Richtung. Ein elendes Gefühl überkommt mich.

Als ich es wage und den Blick voll in die Augen des Fremden richte: »Rosen«, sagt er ruhig. Die Hand greift leicht zum Filzrand. Das Lächeln spielt wieder um die Lippen, aber es ist Trauer zugleich in den enggesetzten hellgrauen Augen. »Ich habe Sie hier wohl als Revierherrn anzusehen. Pardon! In Kurland nimmt man es weniger genau als in Deutschland. Tritt das Wild beim Nachbarn aus, so schießt man es beim Nachbarn ab. Der Nachbar macht es im umgekehrten Falle ebenso. Ich bin Gast auf Rosangen.«

Ich nenne meinen Namen und den Namen Kroug und das Buschwächterhaus.

Aber kaum habe ich des Buschwächterhauses Erwähnung getan, als eine neue Wandlung mit dem Gesicht vor sich geht. Sie beschreibt sich nicht. Zorn, Kummer, Liebe, Abwehr – alles in einem drückt sich aus. »Standen Sie in irgendeiner Beziehung zu Herrn Rottmann?« Die Frage kommt widerwillig. Ich verneine. »Katja!« In demselben Augenblick wieder dieser scharfe Herrenton, dem die Windhündin zögernd die Huldigungen ihres Kavaliers opfert.

Der Baron tut noch ein paar gleichgültig höfliche Fragen nach meinem Leben. Stellt Rosangen zur Verfügung, wenn ich irgend etwas benötigte. Noch einmal fällt der Name Rottmann zögernd, widerwillig. Ob – noch – ihm gehörige Dinge im Buschwächterhause sich befänden? Bücher . . . Schriften? . . .

Ich sehe den Fragenden nicht an. Ich empfinde es nur, wie auch seine Augen angelegentlich einen fernen, fremden Punkt ins Blickfeld nehmen. Etwas in mir spannt sich seltsam. Bücher? . . . Ich nenne flüchtig einige Titel. Schriften? Kaum. – Ich begreife mich nicht. Aber ich bin nicht imstande, mein Wissen preiszugeben. Das Vermächtnis eines Toten preiszugeben. – Es ist, als ob ein Atemzug den andern befreit.

Während der letzten Worte haben wir unserer Hunde nicht acht gehabt, die wieder den seltsamen Reigen des Liebeswahnsinns begonnen haben. »Katja!« Der Baron greift dem Windspiel ins Halsband. Dann nimmt er es kurz an die Leine. »Diese Verbindung wäre ruchlos. Wir haben genug Mißgeburten zu verzeichnen!«

Ich habe keine Leine mit, aber ich gebe Sikras strengen Befehl. Er gehorcht wieder aufs Wort. Nur seine Augen und sein Herz sind geteilt zwischen seiner Freundin und mir.

Der Baron mustert ihn genauer. »Er ist schlechthin vollkommen«, sagt er. »Er stammt von Fleur bleue. Wahrscheinlich im zweiten Gliede.« Er öffnet Sikras mit leichter Hand den Fang, die Zähne zu prüfen. Und mein Hund läßt es sich freundlich gefallen. »Diese Abkommenschaft ist unverkennbar. Sie war eine Berühmtheit des Rosanger Zwingers. Mein Vetter brachte sie aus Cannstatt. Es ist eine Spezialität. Württembergischer Vorstehhund; auf blauem Grund diese großen braunen bis rotbraunen Platten.«

Er lobt Sikras noch einmal. Tätschelt ihm den schönen Kopf. Streckt mir plötzlich die Hand entgegen mit einem hinreißenden Ausdruck, gestattet Katja und Sikras eine letzte Aufwallung, und so, ungestilltes Verlangen zurücklassend und mit sich führend, verschwindet er zwischen den Bäumen in der Richtung des Widelsees.

Drei Tage weiterhin am Spätnachmittag kam der Baron ins Buschwächterhaus.

Er brachte eine Flasche Allasch mit, eine Flasche Benediktiner und Proviant für zwei Tage. Katja brachte er nicht mit. Er bat, ob er mein Gast sein dürfe. Nun – ich hatte eine Rehkeule hängen. Es tat nicht not, daß meine Gäste für sich selber sorgten. Aber ich erschrak anfangs über den Besuch, den Sikras mit beherrschter Freude und leichter Spannung empfing. Sollte meine Einsamkeit angetastet werden? Aber der Baron beruhigte mich bald durch die gelegentlich hingeworfene Mitteilung, daß er in nächster Woche fortreise. Er verlebe jedes Jahr ein paar Wochen bei den Rosanger Verwandten, aber nun mußte er seine Kur in Jalta machen. Von da ging er zu irgendwelchen fürstlichen Freunden mit asiatisch klingendem Namen in den Kaukasus. Eine seiner ersten Fragen an mich war, ob ich Taraß Bulba kenne. Dieses Buch, in dem die Steppe blüht und verdorrt, und Leben, Schwert und Pferd das gleiche sind, und wo die Liebe aufbricht mit der Blüte der Steppe und glüht wie die Sonne der Steppe und verflogen ist, wie der Rausch der Steppe verfliegt und nichts bleibt als das Schwert und das Pferd und die Schlacht und der blutrote Tod . . . Nun, wir verständigten uns schnell genug über unsere Gefühle für dieses Buch.

Wir gingen bald danach mit der Büchse und mit Sikras hinaus. Sikras hatte seine Enttäuschung wegen Katja mannhaft überwunden. Wir ließen die Hirschsuhlen rechts liegen, pirschten uns den Tunnel entlang, so hatte ich diesen Weg, wie eingehauen in die Wildnis, bei mir getauft, glitten zwischen den mannshohen Farnwedeln, Heidelbeerkraut und Machandeln durch wie Eidechsen und saßen doch plötzlich verschnürt in einem Brombeer- und Hopfengerank, und dann überließ ich mich der Führung des Barons, denn auf dieser Seite des Moores war ich vorher noch nicht.

»Es ist nur für den Herbst,« sagte der Baron, »falls Sie dann noch hier sind.«

Es geht mir auf, daß wir einen Hauptwechsel überqueren, und fast in demselben Augenblick bemerke ich einen andern vom Moor, ihn überschneidend, und einen dritten . . . Herr Gott! – Freude versteint mich fast – ich begreife endlich: das ist der Brunftplatz der Hirsche, zu dem mich der Baron gebracht hat. Die Tritonsmuschel fällt mir ein unter dem Erbe Rottmanns. »Viele werden Sie nicht erleben,« sagte Rosen, »es ist zu schmachvoll hier geludert worden von Jäger, Mensch und Raubzeug. Aber zwei, vielleicht auch einmal drei, vier Geweihte um sich her, den ganzen Kampfrausch, die Brunftschreie und alle Urtiefen – das könnte helfen über mancherlei im Leben.« Er sieht mich an, und wieder ist dieser Ausdruck von Trauer in seinen Augen. Dann setzen wir uns an und machen uns geräuschlos fertig.

Wir mußten Geduld haben, und die Schnaken aus den Sümpfen halfen nicht gerade dazu. Aber schließlich hören wir doch einen hohen Diskant. Es poltert und knackt, und gleich danach wechselt ein Alttier mit einem Kalbe zum Moor herüber. Sie verhoffen eine Weile, sichern, äsen von Birke und Gras. Sichern wieder, und die Lichter des Alttieres sehen ahnungslos vertrauend direkt in mein Gesicht. Ein lautes Rätschen. Markwart, der Häher! Und gleich danach fährt ein Windstoß durch die Bäume. Die Tiere bekommen Witterung. Mit einem Satz sind sie im Moor. Von dort kommt der Ricke lautes Schrecken, und das Kitzchen fiept kläglich. Es war nichts dergleichen nötig, weder

Warnung noch Windstoß. Heut wäre nichts geschehen. Wir wollten nur auf Vögel schießen. Ich bin noch versehen mit Wild.

Wir bringen zuletzt einen Erpel heim, einen Bussard und einen Falken. Und wir sahen nach einem traurigen Knopfspießer – Hirsche, ein Rudel von sieben Stück, zur Moorquelle ziehen. Es war ein wundervoller Anblick, wie aus Kupfer gegossen, dunkelglühend und regungslos die Tiere gegen den blaßroten Himmel. Aber mein inbrünstiges Jägerherz war trotzdem nur halb beteiligt. Weder die Vögel noch die Hirsche, selbst der Brunftplatz war nicht das, worum es heut gehen sollte. Um all dieses willen war der Baron nicht zu mir ins Buschwächterhaus gekommen. Irgend etwas war in Bereitschaft, etwas ganz anderes. Ich wartete.

Die Nacht hindurch saßen wir dann auf der Birkenbank, die ich mir selber gezimmert hatte, vor der Haustür mit Sikras und Allasch und Rehkeule und allem, was ich sonst noch hatte. Sie war rot und leicht und schwebend, die Nacht, wie Lerchenblut, oder wie der Malinaschnaps in unseren Gläsern.

Zuletzt holte ich auch noch eine der Flaschen, die von Rottmann herstammten. Wir hätten sie nicht mehr gebraucht. Aber irgendeine Dämonie verlangte, daß ich den Namen, der bisher nicht zwischen uns ausgesprochen wurde, erwähnte. Das Gesicht des Barons verschattete sich. Als er den schweren, dunklen Trunk an die Lippen setzte, machte er eine Bewegung, als ob er jemanden damit grüßte. Er schwieg eine Weile. Dann wandte er sich jäh zu mir hin. Die Narbe auf der Wange, die sich bis dahin nur matt abgezeichnet hatte, erglühte plötzlich. »Ich möchte Ihnen etwas erzählen«, sagte er wie unter einem Zwange. »Gut, wir kennen uns kaum. Aber das ist vielleicht gerade dazu notwendig. Ich habe Vertrauen zu Ihnen«, fügte er schnell hinzu. »Ich meine dieses Gefühl, das dem Verstande vorausgeht. Gewisse Dinge müssen einmal gesagt werden. Das Unausgesprochene wirkt zerstörerisch. Wollen Sie hören?«

Ich nickte. Das Gefühl der Zuneigung für diesen mir vor drei Tagen noch Fremden war sehr stark geworden.

»Es ist in diesem Lande immer so gewesen«, sagte der Baron, während seine schlanken Finger einen Papyros drehten, »und es hat vielleicht hier nur etwas länger gedauert als anderswo in kultivierten Ländern, weil wir Asien so viel näher sind; in Schleswig, soviel ich mich erinnere, galt ius primae noctis bis in die vierziger Jahre.

Nun, wir hier, wir waren es nicht anders gewöhnt. Kein Mann unserer Kaste sah darin einen Eingriff in die Menschenwürde eines andern. Keine Frau unserer Kaste fühlte sich verletzt, wenn dieses – andere – neben der Ehe herging. Kein Leibeigener empfand es als Schmach, wenn doch schon alles übrige dem Herrn gehörte. Vielleicht, ich gelte hier als ein wenig aus der Art geschlagen,« ein Lächeln zog die Mundwinkel leicht und bitter nach unten, »aber man macht mir Konzessionen. Nun, das kommt später.« Der Baron reckte sich plötzlich. Und während ich dachte wie beim ersten Anblick im Walde: Welcher Riese! hatte sich die Narbe auf seiner Wange wieder tiefdunkel gefüllt. »Ich behaupte nämlich,« fuhr er dann fort, und seine Stimme klang laut und anklägerisch, »das Schwert und die Grausamkeit gegen die Männer und das Peitschen mit Birkenruten und das Gürtelrecht über die Frauen haben die hiesigen Stammvölker zu dem *gemacht*, was sie heut sind und was wir an ihnen verachten. Nicht daß sie, wie die Deutschen haben wollen, immer schon dieses lügenhafte, hinterlistige, feige Knechtsvolk *gewesen* wären! Aber das Herrenblut im Schoße der Magd wird einmal Vergeltung üben!«

Ich atmete tief: »Dann wehe euch deutschen Baronen! Dann wird das Wasser der Terwitte sich abermals blutrot färben. Aber es wird Herrenblut sein!« Dieser Satz von der Hand Rottmanns stand plötzlich vor meinen Augen wie feurige Schrift. Und der andere: Die späteren Kuren entarteten unter dem Joch der Deutschen dergestalt, daß keine Spur von dem Geist, der einst ihre Väter beseelte, übrigblieb. Aus den heidnischen Helden waren christliche Sklaven geworden! Dies war das Endurteil eines aus der Kaste der Eroberer. Dies hatte Otto von Mirbach geschrieben.

»Also, ich will es kurz machen. Vor einem halben Jahrhundert lebte hier in der Gegend ein – Rosen. Ja, wir haben denselben Namen.« Die Stimme des Barons klang gleichgültig. »Es kommt nicht darauf an. Er kam spät zur Ehe. Er verlangte die große Leidenschaft. Als er heiratete, ging ein Aufatmen durch das Spinnhaus. Er betrat es nicht wieder. Aber es gab jetzt auch heimliche Tränen der Sehnsucht dort. Der Baron war hart und herrisch, aber wenige Frauen konnten ihm widerstehen. Die große Leidenschaft war wirklich über ihn gekommen zuletzt. Der Erbe sollte geboren werden. Der Baron war heroisch in der Enthaltsamkeit aus Zartsinn. Aber sein Blut verlangte nach Kühlung. Einmal, es war beinahe noch Nacht, schreit er nach seinem Pferde. Der Reitknecht, halb verschlafen und in Schrecken, schnallt den Sattelgurt nicht fest. Der Rosen gleitet ab. Es ist nicht Brauch hierzulande, zu fragen, wer die Schuld hat. Man schlägt zu. Wen es trifft, gut. Der Reitknecht hat sich schon in Sicherheit gebracht, aber der Stalljunge steht da, ein kleiner, magerer Bursch von dreizehn Jahren. Er muß das Pferd halten. So zieht man dem Stalljungen die Reitgerte quer über die Backe. Was kommt darauf an?«

Ich fühlte eine leichte Kühle im Genick. Die Stimme des Barons war wie Schwert auf Schild. Ich sah nicht hin. Aber ich wußte, das Mal auf seiner Wange, es floß wieder wie Blut.

»Nachher ging alles Schlag auf Schlag«, fuhr der Baron fort. »Wie der Rosen dem Jungen die Gerte überzieht, fährt er zusammen. Das Gesicht soll er doch wohl kennen? Hat es ihn nicht tausendmal angesehen von den Ahnenbildern in Saal und Galerie? Diese Stirn, schmal in den Schläfen; der schöne, geschwungene Mund, die tiefgesetzten Augen? Nur daß sie hier von abgründiger Trauer erfüllt sind.

Nun, dieser kleine, gepeitschte Stalljunge war Benjamin Rottmann, ein Sohn des Rosen und einer Lettin. Sie hatte jetzt fünf Kinder aus ihrer Ehe mit dem Stellmacher auf dem Gut, aber den Baron liebte sie noch immer. Wie der Schmiß die Wange herunterläuft, erkennt der Vater den Sohn.

Er ist zurückgefahren vor dem Lodern der Jungensaugen. Das Herrenblut ist aufgelodert. Aber da hat es auch schon einen furchtbaren Schrei getan über ihnen. Die junge Frau hat gehört, wie ihr Mann heimlich das Zimmer verläßt. Sie ist ihm ebenso fanatisch ergeben wie er ihr. Sie ist ans Fenster getreten, um ihn ausreiten zu sehen. Sie hat den Schlag erlebt und das entsetzte Zurückschrecken des Schlagenden, und sie ist zusammengebrochen. An demselben Datum, zwei Monate später, wurde ich geboren. Meine Mutter starb bei der Geburt. Ich hatte das Malzeichen im Gesicht.«

Der Baron schwieg. Eine Drossel fing an. Der Himmel verblutete sich. Sikras, der bis jetzt zu meinen Füßen gelegen hatte, stand auf. Er ging langsam um den Tisch herum zu dem Baron. Legte den Fang auf das schmale Knie. Ließ mit verlorener Gebärde seinen Kopf tätscheln. Kam zurück zu mir. Sah mich an, fragend.

»Mein Vater ließ meinen Halbbruder Benjamin Rottmann in Riga erziehen«, erzählte der Baron weiter. »Später studierte er im Auslande. Seine Narbe verging. Meine blieb. Aber inwendig trugen wir beide eine. Er kam ein paarmal in die Ferien. Mein Vater konnte seine Gegenwart nicht ertragen, wiewohl er immer von Zeit zu Zeit danach verlangte. Ich hatte eine scheue und schmerzliche Liebe zu Benjamin. Er war immer still und gütig und traurig. Er hatte einen ausgezeichneten Verstand und, wie ich glaube, eine dichterische Veranlagung. Aber er blieb ein Eigenbrödler. Ich war wohl der einzige Mensch, der ihm nahe stand, trotz des großen Altersunterschiedes. Bis auf Lil Seltram. Er hatte eine Leidenschaft zu einer Kusine von mir gefaßt. Sie war aus Estland und kam für lange, uns zu besuchen. Auch sie hat ihn sehr geliebt. Aber – eine Baronesse Seltram . . . und ein Namenloser, vielmehr der Sohn einer früher Leibeigenen – hier konnte man solche Vorurteile damals wirklich noch nicht überwinden. Das Ende war: Lil heiratete einen reichsdeutschen Adeligen. Einen bedeutenden Archäologen. Sie kam noch einmal hierher. Als Rottmann auf dem Tode lag, vor zehn Jahren. Er hatte bei einem großen Brande unseres Familiengutes über dem Retten des Viehes ein paar Rippen gebrochen und innerliche Quetschungen davongetragen. Nach diesem Krankenlager und diesem Wiedersehen wurde mein Halbbruder immer seltsamer und abseitiger. Von dem Vermögen, das mein Vater ihm hinterlassen, behielt er gerade so viel, wie er zum barsten Leben bedurfte. Er hatte glänzende Zeugnisse, und es boten sich ihm ein paarmal Anstellungen an naturwissenschaftlichen Instituten. Aber er schlug alles aus. In Deutschland starb er vor Heimweh nach unseren Wäldern, und hier im Gottesländchen, zwischen Adel und Literaten, quälte ihn seine Abkunft. In Kurland weiß nun einmal jeder alles von jedem. So arbeitete er hier, ganz zurückgezogen lebend, schriftstellerisch. Für Fachzeitungen des Auslandes schrieb er Naturwissenschaftliches und Kulturhistorisches. Er lebte von dieser Beschäftigung, von der Jagd und von seinem Schicksal. Vor fünf Jahren zog er in das Buschwächterhaus. Frau Kroug hatte ein melancholisches Interesse für den Alternden, Heimatlosen. Sie und ich, wir hätten ihm sein Leben gern noch ein wenig hell und freundlich gemacht. Aber er ließ nicht mehr viel an sich heran. Selbst mich nicht mehr. Vor zwei Jahren ist er dann eingegangen. Wie ein Waldbaum. Der Stamm hatte immer eine morsche Stelle. Eines Tages stürzte er zusammen. Ebba Kroug fand ihn tot an seinem Tisch sitzen. Es kann nur ein paar Tage nach seinem Ableben gewesen sein. Aber es war doch entsetzlich.«

Der Baron schwieg. Er drehte sich einen neuen Papyros. »Ich bin auch ein wenig heimatlos«, sagte er. »Das ist nicht zu verwundern. Wer das mitbekam!« Er wies auf die Narbe. »Wenn er auch selber einmal vergessen könnte, alle Blicke sagen es ihm doch immer wieder. Ich bin nicht gern anderswo als unter Menschen, die mich von jeher gekannt haben, oder unter Tieren und Bäumen. Der Kaukasus erfüllt mir diese drei Lebensbedingungen gleichfalls. Meine Schwester ist dort an einen Jugendfreund von

uns verheiratet. Wir wurden alle drei zusammen erzogen.« Wieder schwieg der Baron.
Die Vögel waren schon alle morgendlich bereit. Überall sang und zirpte und flötete es.
Weit im Walde, vielleicht vom Luchs angefallen, schrie ein Hirsch laut und urweltlich.
Der Himmel war purpurn.

»Nun habe ich Ihnen dies alles erzählte, sagte der Baron, während ich den Samowar
anzündete. »Wie wunderbar ist das! Aber es gibt so viele Unterstimmen, auf die ein
Mensch hören muß. Wer so lange in den Wäldern lebte wie ich, bekommt zuletzt einen
Instinkt, sicher wie die Tiere. Es ist übrigens sonderbar genug bei einem unserer Kaste.
Denn im Grunde sind wir vollkommen überblüht. Wir alle hier. Wir sind nur noch Krone.
Unsere Wurzel ist losgelöst. Wie die Wurzel Ihrer Föhre.« Er deutete auf den Wald. »Wie
Ihr Zelthaus, vor dem ich Sie neulich traf. Einigen wenigen sind wir noch Deckung und
Halt. Wir selber aber sind bereits tot. Wir sind Nährboden für Zukünftiges. Unsere eigene
Wesenheit versinkt wieder in den alten Urgrund. Zurück lassen wir nicht so sehr viel.«

Ich wollte einwenden: Riga! Die Hansastädte im Baltikum, ist das nichts? Alles, was der
Schwertritterbund schuf und gründete . . . Dorpat, die vielen Gelehrten, ein Baer,
Bergmann – und Kayserlingk, sagte ich, Kügelgen, von Gebhard . . .

»Trotzdem,« der Baron lächelte dieses Lächeln, das keins war, »trotzdem! Zu einer
eigenen und besonderen Hochkultur dieses Landes haben wir es nicht gebracht. Wir
waren nur Eroberer hier, nicht Erzieher. Anstatt noch gebundene Kräfte und Fähigkeiten
der unterworfenen Völker zu erwecken und zu entfalten, haben wir mitleidslos alles
ausgerottet, was bereits stark und schön und blühend war. Anstatt zur
Verantwortlichkeit zu führen, haben wir jeden Funken von mannhaftem Selbstgefühl
erstickt. Meine Stammesgenossen gingen von dem Grundsatze aus, daß eine
herrschende Kaste geschlossen bleiben muß. Wenn sie fremde Elemente in sich
aufnimmt, zerstört sie sich. Sie haben auch vollkommen recht damit. Nur müßte man
feststellen, was erstrebenswerter ist: ein ungebrochenes Patriziat, das die Unterschicht
mit Kandare, Peitsche und Sporen reitet, oder aber ein Volk. Wer das Volk für das
Wichtigste ansieht, kann das Recht der Scheidung in Kasten nicht aufrecht erhalten. Wir
hier, die Barone, wir haben niemals daran gedacht, zu kolonisieren im letzten Sinne. Das
sollten wir zugeben. Wir haben immer nur daran gedacht, unsere Rasse rein zu halten
und auf dem Gipfel zu bleiben. Wir haben Blut und Erbrecht über das Seelische und die
Leistung gesetzt. Wir haben die Würde und das Glück der Arbeit in Fron und Schmach
umgewandelt. Ja, der baltische Deutsche ist vielleicht ein so vollkommener Typ, wie ihn
der Reichsdeutsche nicht aufbringt. Wir haben den Übermenschen Nietzsches, im Sinne
der Auslese, in einem Maße verkörpert wie wohl nirgendwo in der kultivierten Welt.
Und wenn die Menschheit allein dazu da ist, um den Übermenschen zu züchten, wie
viele jetzt es ja haben wollen, so sind wir im Recht gewesen. Aber, sehen Sie unseren
Wald. Warum sollte der Mensch eine Ausnahme bilden im Haushalt der Natur, die sich
niemals mit der Auslese allein begnügt und die ihre kleinsten und unscheinbarsten
Kinder mit der gleichen liebenden Sorgfalt und jedes zu der Vollkommenheit seiner Art
erzieht wie die größten und bedeutungsvollsten?«

Wie wunderbar! In der Tiefe eines kurischen Urwaldes, ein kurländischer Baron bekennt
sich zu diesen umstürzenden Ideen! Ich war bewegt von Glück. Und zugleich dachte ich:

Benjamin Rottmann! Lil! Welche Schicksale! Welche Schicksale! Etwas Geheimnisvolles ergriff mich und verkettete mich mit all diesem.

»Nun,« sagte der Baron plötzlich, »darüber könnte man viele Stunden theoretisieren, wenn man nicht willens ist, es zu ändern. Es ist jetzt auch zu spät«, fügte er hinzu, wie er die sechste Tasse kochenden Tees heruntergoß.» Es regen sich eine Anzahl Stimmen bei uns, die auf neue Bahnen hindeuten. Aber es sind nicht genug. Alles geplante und hier und da auch in die Erscheinung tretende Reformieren hält sich zu sehr auf der Oberfläche. Überdies ist es immer nur Selbstschutz gegen das Kommende. Bis zu den letzten und unerbittlichen Konsequenzen wagt sich keiner. Wir werden keine Umschichtung erleben, keine Umlagerung von Rechten und Pflichten, keine gegenseitigen Befruchtungen oder neue Gemeinschaftsbildungen zu einer wunderbaren Entfaltung und Reife hin, wie noch alle Völker sie hatten, wenn die untere Kaste der oberen sich eingliederte. Wir haben die Zeit dazu versäumt. Oben haben wir zu dünnes Blut infolge Inzucht, und von unten her könnte nur durch Haß vergiftetes sich damit vermischen. Der Erfolg wäre nicht sehr erstrebenswert. Es wird hier sich anders entwickeln. Und der Anfang wird entsetzlich sein. Das Ende weiß nur Gott. Es wird davon abhängen, wie viel Kraft und Wille bei uns vorhanden ist, das kommende Schicksal als Endglied einer langen Kette von Selbstsucht und Verschuldung anzunehmen und als eine Sühne, die befreit. Aber ich fürchte, wir werden wie die Bourbonen aus der Revolution nichts vergessen und nichts lernen. Und wir werden das Schicksal der Bourbonen erleiden und jeder herrschenden Kaste, die ihre Aufgabe nicht gelöst hat, ja, sie nicht einmal erkannt hat, und die glaubte, nur um ihrer selbst willen da zu sein.«

Die rote Nacht war längst zu Ende und der halbe Tag. Wir gingen zum Moorteich und lagen dort ein paar Stunden mit der Angel ohne besonderen Erfolg, weil wir zu unaufmerksam waren. Und am Abend las der Baron die Schriften von Rottmann. Ich zeigte sie ihm jetzt, Bücher und alles. Er verlangte sie nicht, sondern erlaubte, daß ich sie behielte, solange ich im Buschwächterhaus lebte. Sie blieben aber für immer mein Eigentum, da der Baron noch in diesem Sommer im Kaukasus vom Herzschlag getroffen wurde. Es ging mir seltsam nah. Das Bild des kleinen Mädchens mit der blau ausgemalten Schärpe hatte ich ihm nicht gezeigt. Ich wollte es später in die Bücher legen. Jetzt wäre es mir erschienen, als ob ich einen Talisman aufdeckte, der mein eigenes Schicksal wirkte. Als der Baron am nächsten Morgen mich verließ mit dem seltsamen Lächeln, das keines war, schien es mir, ein Freund habe mich verlassen. Am nächsten Abend kam Lil.

Ich hatte den ganzen Tag im Walde gelegen. Ich vermied die Nähe des Moores. Die Temperatur war schwebend. Man mochte sich nicht bewegen. Sikras hängte die Zunge heraus, so weit er konnte. Eine ungeheure Lethargie schien ihn zu zerschmelzen. Aber sofort wäre Wille und Geschlossenheit in ihn hineingesprungen, wenn nur ein Wort von mir ihn aufgerufen hätte.

Auch mir zerkochte flüssiges Blei in allen Gliedern. Und trotzdem schien in dieser allgemeinen Auflösung ein bestimmtes, fast wildes Warten.

Gegen fünf Uhr nachmittags wurde die Schwüle im Walde so schwer und so vernichtend, als würden über allem Lebendigen ein Sargdeckel schweigend zugeschraubt.

Ich hatte zu keiner Tag- und Nachtstunde das Mysterium des Waldes so gegenständlich empfunden. Sikras hob plötzlich den Kopf. Er horchte angespannt. Seine Haare sträubten sich leicht. Hörte er das Schicksal schreiten?

In diesem Augenblick ereignete sich das Ungewöhnliche: Ein blaues, fahles Licht von irgendwo, überall machte den Wald geisterhaft, und die Stille wurde wie von einem einzigen ungeheuren Axthiebe auseinandergespalten. Ohne jede Ansage durch Sturm und Regen, ohne jedes Krescendo hatte das Gewitter mit seinem Höhepunkt eingesetzt. Aber es donnerte nur sekundenlang, und schon hatte der Sturm diese Übereilung eingeholt. Wie ein Berserker fauchte er hinterdrein.

Leb' wohl, alter Freund! Das hätte ich voraussagen können, daß die morsche Eiche mitgehen würde. Sie hatte noch die alten Götter gekannt. Wie wir um ihren Leichnam herumkommen würden, war ein Problem. Aber es kümmerte mich nicht besonders. Ich stand und hatte mein Hemd aufgerissen. Denn jetzt fing es endlich an. Tropfen wie Haselnüsse rund und voll. Sikras, Sikras, welche Erlösung!

Als kein trockenes Haar und Faden mehr an uns war, schlug ich Sikras den Heimweg vor. Nach diesem Sturzbad mußte es wunderbar sein, wieder in trockenes Zeug zu kommen.

Es war gut, daß wir uns beeilten; denn ich pflegte meine Haustür nicht zu verschließen. Nicht wenn ich fortging, und auch nicht bei Umwandlungen meiner äußeren Person. Für das einfache Zuklinken meiner Tür kam diesmal der Sturm auf.

Aus irgendeinem unterbewußten Zwang hatte ich mir sogar einen weichen Kragen umgelegt. Aus dem gleichen geheimen Zwang verstaute ich mein triefendes Zeug auf der Leine hinter dem Ofen, deckte den Tisch mit der feierlichen roten Decke und ließ den Samowar singen, während die Sturmböen an meinem Hause rüttelten.

Als ich gerade im Begriff war, das Brot aus dem Schrank zu holen – gönnte mir das Wetter noch eine Erfrischung? Die Tür flog aus dem Schloß wie ausgebrochen. Ich hörte einen leisen Ruf wie von einem Vogel oder irgendeinem märchenhaften Waldwesen. Dann stand es auf der Schwelle, stürzte in die Stube, versuchte sich zu halten und die Tür zu erfassen, die fortwährend an die Außenwand geschleudert wurde, – und bei dieser Rückwärtsdrehung des Nackens, dieser leichten Wendung und Biegung nach oben, überkam es mich wie Schwindel.

Da standst du nun auf der Schwelle, Lil, und mühtest dich, die schwere Tür, die deinen Händen immer wieder entglitt, zuzumachen. Du sahst aus wie auf der Flucht vor etwas Entsetzlichem. Aber immerfort mühtest du dich mit der Tür, als hinge deine Rettung mit ihrem Schließen zusammen.

Ich kam dir nicht zu Hilfe. Ich mußte dich immerfort ansehen. Als ob dies alles wäre, was etwa noch jetzt und in Zukunft mein Teil am Leben sein könnte. Du standest wie unbekleidet. Ein kleines, dünnes Gewand hatte der Regenguß wie eine andere Haut um dich her gespannt. Gab es noch einmal in der Welt so schmale Hüften? Gab es noch einmal irgendwo diese Nackenwendung und die Augen dieses Gesichts?

Aber mir schien trotzdem, ich hätte dieses alles schon früher erblickt. Wann? Wo? War es im Traum?

»Ja, ich kann doch aber nicht allein!« riefst du plötzlich und lachtest wie ein Glöckchen. »Wollen Sie mir denn niemals helfen?«

Ich war bei dir mit zwei Schritten und hatte die Tür geschlossen. Wir sahen uns an. Jetzt lachtest du wie ein ferientolles Kind. Aber mitten im Lachen ging eine dunkle Röte über dein Gesicht, dann erblaßtest du und errötetest wieder, und deine achatgrünen Augen schienen sich mit einem zarten dunklen Schatten zu verdecken.

»Es ist so wunderbar«, sagtest du leise. »Wie sehr wunderbar ist es!«

»Ja«, sagte ich. Dann schwiegen wir. Ich wußte doch, was du meintest.

»Hier in diesem kleinen Hause. Mitten in einem Urwald. Und so weit weg von allem!« Du sahst mich nicht an dabei. Du erzähltest dir selber etwas im Flüsterton.

»Sie brauchen keinerlei Befürchtungen zu haben, gnädige Frau. Keinerlei.«

Meine Stimme klang, als ob jemand weit fort, den ich niemals erblickt hatte, redete.

Wir schwiegen. Wir rührten uns nicht. In seltsam gebundenen Stellungen waren wir uns gegenüber, Arme hängend und dennoch gestrafft. Es war fast Nacht in der niedrigen Stube. Nur wenn sie ein Blitz blau aus dem Dunkel herausschnitt, erblickte ich deutlich deine Gestalt und die wechselnden Lichter deiner Augen. Irgend etwas beengte meine Halsmuskeln. Wenn ich herunterschlucken wollte, war es unmöglich. Fortwährend fühlte ich leichte Kälteschauer meinen Rücken herunterrieseln. Oder war es Blut?

Sikras hatte sich zwischen dich und mich niedergelegt. Seine Rute klopfte freundlich den Boden der Hütte.

»Ich befürchte nichts«, sagtest du langsam. »Verzeihung! Aber es ist so wunderbar. Sie müssen es zugeben. Vor drei Tagen,« du riefst plötzlich heftig, »heut vor drei Tagen war ich noch in Weimar! Ja! Ich hörte eine zugereiste Künstlerin, übrigens sehr gut, Goethesche Gedichte deklamieren. Es ist eigentümlich, aber es ist nun einmal so: Jeder von auswärts glaubt, in Weimar dürfe man nur Schiller und Goethe deklamieren, und als sei mit der Klassik für uns die Weltentwicklung abgeschlossen.« Sie seufzte auf. Sanft ergeben.

»Ja, nun bin ich hier.«

Ich empfand wie vorhin wieder diesen eigentümlichen Schwindel.

»Nun sind Sie hier«, wiederholte ich. Und als ein neuer blauer Blitz dich mir zeigte wie eine feine Plastik in dem angegossenen dünnen Kleidchen: »Und wir müssen Sie vor allen Dingen trocken bekommen.«

»Es ist wirklich nicht ganz angenehm«, gabst du zu. »Aber wie? Haben Sie eine Frau?«

»Eine Frau? Allerdings nein! Verzeihen Sie! Aber eine Menge Wolldecken.«

Du lachtest wieder. Dieses Lachen! Dieses klingende Ferienlachen!

»Wolldecken? Welcher Ersatz!« Du klatschtest in die Hände. Du gerietest außer dir vor Entzücken.

»Ja«, sagte ich und trug alles, was ich von diesem Artikel besaß, zusammen und häufte es auf die Birkenmatratze. »Wolldecken und Leinenlaken!« Dabei spürte ich, wie das in meiner Kehle sich plötzlich herunterschlucken ließ. Nun hatte ich es in meinem Körper, wie einen leichten seligen Rausch. »Und ich gehe jetzt in den Stall«, erklärte ich, »und melke Metta, die Ziege. Indessen bitte ich, die nassen Sachen abzulegen. Sobald der Regen nachläßt, hänge ich sie draußen über die Holzplanke, dann sind sie in einer Stunde in Ordnung.«

Du sahst mich eigentümlich an. Wieder wechselte die Farbe deines Gesichtes.

»Ja«, sagtest du dann leise wie ein gehorsames Kind. Ich pfiff Sikras. Wir gingen hinaus.

Als ich mit der schäumenden warmen Milch zurückkam, lagst du in Laken und Decken geschlungen auf der Sofabank. Deine Augen verfolgten mich aufmerksam, wie ich den Tisch deckte und alles zusammentrug. Einmal glitt deine Hand und ein Stückchen nackter Arm aus der Umhüllung, wie du Sikras, der seinen Fang auf deine kleine Brust gelegt hatte, verloren streicheltest.

Plötzlich, etwas durchschoß mich wie glühender Strom, ich hörte tiefe, beruhigte Atemzüge: du schliefst.

Ich hörte auf mit Herumhantieren. Es war auch alles in Ordnung. Ich trug deine Sachen hinaus und hängte sie auf. Das Gewitter war vorüber. Dann setzte ich mich auf den Stuhl, in die Nähe des Fensters. Von dort aus konnte mein Auge dich nicht stören im Schlaf. Und doch durfte ich dich ansehen. Ich hatte das Fenster behutsam geöffnet. Eine Luft, klar und köstlich wie Wein, strömte in die Stube. Über der Holzplanke wehte ein kleines, dünnes Kleidchen, ein wenig feine Frauenwäsche. Der Himmel färbte sich dunkelrot, und die Wäsche schimmerte wie blasse Rosenfarbe. Das ganze Stübchen warf der glühende Himmel voll Rosen. Du ruhtest wie eingehüllt in Schimmer. Und immerfort hörte ich deinen sanften Atem. Ich sah dich an. Es störte dich nicht. Die schmale Wange sah ich an, die sich in den Schläfen zart eindrückte, und den Schatten der langen Wimpern. Die schmale Stirn in der oberen Hälfte sanft gewölbt. Den feinen Nasenknochen mit den leichtgeblähten Nüstern, die selbst im Schlaf zu vibrieren schienen. Die Doppelschwingung des Mundes, alles dies gelöst, hingegeben.

Plötzlich zuckte ich zusammen. Ich wußte, woher ich dies alles schon kannte: das Bild, die Photographie des kleinen Mädchens, das Lil hieß, mit der blauen Schärpe. Griffen gelebte Schicksale hinüber in die Gegenwart?

Ich rührte mich nicht. Ich hörte, wie die Stille herniedertropfte. Oder war es die Zeit? Alles schien sich zu weiten. Alles Wirkliche wurde bedingt. Ein Ring schloß sich. Aber dies erlebte ich nur so, weil du dort ruhtest, und dein Atem ging so sanft. Ask und Embla! Ask und Embla! Wie eine geheimnisvolle und beglückende Strophe hörte ich die zwei Namen immerwährend wiederholt. Irgendwo. Außerhalb meiner und doch im tiefsten Grunde meines Wesens.

Dann dachte ich wieder, ich ginge durch den Wald wie damals im Winter, als die Seele der Gotik sich mir erschloß. Und ich wußte plötzlich, ein Bedeutsamstes hatte mir noch immer gefehlt, etwas, wodurch das metaphysische Gott-Erleben erst sinnlich faßbar wurde: eine Gnade, eine Barmherzigkeit, die zu mir käme und die Diesseits und Jenseits verbinden mußte wie im Sakrament.

Und plötzlich schreckte ich zusammen: Diese Gnade kam über mich. Eben jetzt erfuhr ich dieses Erlebnis einer übermenschlichen Barmherzigkeit. Ich fühlte wieder *das* von vorhin mir den Hals zusammenpressen. Mein Atem keuchte. Mein ganzer Körper zuckte. Ich ballte die Hände. Dann öffnete ich sie und schlug sie vor mein Gesicht: Ich liebte dich, Lil! . . .

Ich mag eine Weile so gesessen haben, du schliefst noch immer.

Nachher lehnte ich mich an meinen Stuhl zurück, leicht ermattet und doch wie getragen von einer starken, seligen Welle. Gutsein kam über mich. Lächeln. Dank. Ich hätte neben dir hinknien wollen in der Demut des Glückes. »Gott!« sagte ich. »Gott!« Da schlugst du die Augen auf.

Dein Blick war noch ganz fremd und fern. Du dehntest dich ein wenig und gähntest befriedigt. Recktest einen sehr schmalen, sehr weißen Arm aus den Decken bis zum zarten Flaum der Achselhöhle. Sahst dich plötzlich erstaunt um, erblicktest mich, zogst den Arm zurück, erglühtest sanft und sagtest staunend: »Wie ist es wunderbar! Eben hatte ich einen Traum, den ich einmal als junges Mädchen träumte: Ich war ein Baum, und ein anderer Baum gehörte zu mir. Wenn wir unsere Blätter bewegten, wußte jeder alle Geheimnisse vom andern. Das war sehr süß.«

»Ask und Embla«, sagte ich.

»Was bedeutet das?«

»Oh – nur eine Esche und eine Erle!« Mir war, als ob etwas sich niederließ in der Hütte.

Du schwiegst. »Sie müssen mir das später einmal erklären.« Deine Stimme schien sich plötzlich zu erschrecken. »Wieviel Uhr ist es eigentlich? Müßte ich nicht aufstehen?« Du lachtest wieder dieses klingende, selige Ferienlachen. »Oh, ich wollte eigentlich nach Riga. Ich hatte eine tolle Idee. Ich muß es Ihnen erzählen. Aber könnte ich aufstehen vorher?«

Ich ging hinaus und holte deine Wäsche und dein kleines Kleid. Den roten Abendhimmel hatten sie mit der Sonne verwechselt. Sie waren ganz trocken.

Als ich wieder hinausging, fragtest du noch einmal nach der Zeit.

Es war Mitternacht.

»Oh!« sagtest du, nichts weiter.

Nach einer Weile, ich ging auf der Wiese, die berauschend duftete nach dem Regen von Tymian und von den weißen Linnen des Labkraut, Unserer-Lieben-Frauen-Bettstroh geheißen, – du standest in der offenen Haustür und sahst zu mir herüber, dann kamst du mir entgegen. »Was machen wir nun?« Deine feinen Augenbrauen hoben sich zu ganz hohen, spitzen Bogen.

»Zunächst trinken wir Tee«, schlug ich vor.

Da kam wieder das Ferienlachen. »Wir trinken Tee! Also wir trinken Tee!« Du benahmst dich, als bedeutet dieser Vorschlag das bunteste Abenteuer der Welt.

Ich trug den Tisch in die Nähe der Tür. Einen Stuhl mit Decken holte ich für dich und hüllte deine Füße ein, denn es war empfindlich kalt geworden. Dann schenkte ich Tee auf und legte dir vor. Ich war reich. Wir hatten Rehkeule und kalten Fisch mit Senf. Das Brot war ein wenig altbacken, aber es gab Honig und eine Schale mit Waldbeeren.

»Wie Sie mich verwöhnen!« sagtest du erstaunt. »Männer wissen sehr selten, wie Frauen es gern haben.« Du schwiegst. »Muß ich etwas erzählen?« fragtest du plötzlich. Dabei machtest du eine Armbewegung, als deutetest du nach Amerika. »Nein?« In deiner Stimme war Jubel und Staunen. »Sonst überall braucht man doch eine Besuchskarte und Paß oder mindestens den Steuerzettel. Nun also, ich bin die Prinzessin, die sich im Walde verirrte, nicht wahr? Wenn es schon Mitternacht ist, komme ich doch nicht mehr zur Zeit nach St. Olai. Die erste Post geht morgens um fünf Uhr, und ich bin sicher sieben Stunden herumgelaufen, bis ich hierherkam. So hab' ich Zeit bis Mittag. Dann geht die zweite. Darf ich?«

Ich sagte nicht, daß man St. Olai in drei bis vier Stunden bequem erreichen konnte. Ich sagte statt dessen, es wäre vielleicht schöner, die rote Nacht hindurch zu wandern, anstatt in der Postkutsche zu fahren, und ob wir nicht morgen abend zur Zeit aufbrechen wollten.

Du zogst wieder die Augenbrauen in diesen kleinen, spitzen Winkeln in die Höhe und sahst mich an.

»Ich könnte mir denken, daß es schöner wäre«, sagtest du langsam. Dann betrachteten wir dieses Thema als abgeschlossen. Du aßest mit gutem Appetit alles, was ich dir vorlegte. Es schien dir Freude zu machen, wenn ich alle besten Bißchen für dich heraussuchte. »Wie wunderbar ist dies alles!« wiederholtest du zuweilen.

Aber als wir unser Abendessen – es mochte ebensogut unser Frühstück heißen – vollendet hatten, fingst du an, dich umzusehen in meinem Hause. Alles beglückte dich: der rohe Tisch, die Ofenburg, die Waffen, die Angelhaken. »Was ist das?« fragtest du.

Du hattest die Tritonsmuschel entdeckt, mit deren Ton man die Hirsche aufreizt zur Brunftzeit. Ich setzte sie an den Mund, vorsichtig. Aber zuletzt bebte dennoch die Hütte von diesem dunkeln und wilden Orgeln Contra-C abwärts die chromatische Tonfolge. Wie Urschreie aus versunkenen Epochen.

Ich brach kurz ab. Du warst erblaßt bis in die Lippen. »Was ist das?«

Ich erklärte dir flüchtig. Einen Augenblick standest du still und versunken. Dann schienst du entschlossen etwas abzuwehren, was dich bedrängte. Du zogst die schmalen Schultern schnell nach rückwärts und wieder nach vorn. Schütteltest heftig den Kopf, lachtest und vertieftest dich sogleich und völlig in meine übrigen Kuriosa.

»Wie wenn wir als Kinder Robinson spielten«, sagtest du. »Ich war als Kind einmal hier zu Besuch. Ein ganzes Jahr, das heißt in Estland. Meine Mutter hat dort Verwandte. Es war unbeschreiblich! Die Landhäuser, Hoflagen wie kleine Städte! Die Parks, die fremdartige Dienerschaft, die endlosen Wälder! Die hellen Nächte wie heute! Die Flußwiesen mit dem Vieh und den Hirten; die ganze Nacht blieben sie bei ihren Feuern unter dem Himmel! Oh, vor allem aber der Winter! Ich erinnere mich, wie der fabelhafte Schnee mich völlig in Rausch versetzte. Einmal kam ich vom Schlittschuhlaufen. Und ohne mich auskleiden zu lassen, rannte ich in meinem roten Mäntelchen direkt in den Spiegelsaal, wo alle um den Kamin saßen. Die Herren im Frack, die Damen in großer Abendtoilette. Dort fing ich plötzlich an, meinem Spiegelbilde gegenüber zu tanzen. Das rote Mäntelchen sprühte wie eine Flamme, bis Onkel Alexander mich plötzlich aufhob. »Sie hat den Schneerausch«, sagte jemand. Alle lachten. Ich war sehr glücklich, und ich schlief ein auf Onkel Alexanders Schoß.

In dieser Nacht hörte ich zum ersten Male die Wölfe heulen. Sie kamen zu Rudeln aus dem Walde und brachen in die Viehställe und wagten sich durch den Park bis in die Nähe des Hauses. Es war etwas so Wunderbares. Man fürchtete sich, und doch war eine schreckliche Bezauberung dabei. Ich habe später so oft geträumt von all diesem. Ich hatte es im Blut irgendwie. Ich kam nie wieder nach Rußland. Aber diesmal – nun diesmal mußte es sein.«

Ich sah dich an. Ich lächelte wohl. Ich war im Glück. Darum lächelte ich. Aber du verstandest mich diesmal verkehrt. Das einzige Mal. »Ja, nun lächeln Sie«, sagtest du. »Weil Sie denken: Frauen sind immer inkonsequent. Und nun erzählt sie doch. Aber unsere Namen wollen wir uns nicht sagen. Nein? Ich meine: die Familiennamen. Sonst heiße ich Lil.«

Ich hatte es ja doch gewußt: Lil! Ich fühlte, wie etwas in mir die Flügel bewegte.

»Danke!« sagte ich nur. »Ich heiße Ask.«

»Ask? Was für ein sonderbarer Name!«

»Es ist nur so. Weil wir doch verzaubert sind, weißt du.« Ich hatte das Du ganz unbewußt gebraucht, es kam mir als das Natürliche. Ich erschrak und wollte eben um Verzeihung bitten.

»Du sagen wir auch?« Du errötetest. »Nein, man kann wohl nicht anders. Es ist wie Maskenball. Eine Nacht sagt man sich Du – und man ist sich so wunderbar nah. Und dann kommt wieder der Alltag, und alles ist vorüber. Oh, das Geheimnis, Ask!Das Geheimnis ist beinah wie das Wunder. Willst du mir jetzt sagen, was Ask bedeutet?«

»Später vielleicht, Lil. Zu Ask gehört nämlich Embla. Wenn ich das einmal erklären kann, wird aus dem Geheimnis das Wunder werden.«

»Ask und Embla.« Du grübeltest. »Es klingt schön. Wie eine Legende. Bin ich Embla?«

»Vielleicht, Lil. Vielleicht bist du Embla. Aber ich darf Lil zu dir sagen. Ich gewöhnte mich so sehr an den Namen. Ich liebte ihn schon so lange.«

»Lil?« riefst du. »Schon lange liebtest du meinen Namen?« Du schwiegst benommen. Plötzlich fingst du an zu erzählen, wie alles gekommen war.

Im Winter, wir rechneten später die Daten nach: es war jener Tag im Februar, – hatte Lil plötzlich das Heulen der Wölfe gehört, das Grauen und die Bezauberung in Deutschland, in Weimar, als »jemand« ihr einen Aufsatz über die Akropolis vorlas. Plötzlich hatte Lil gewußt, sie müsse sterben, wenn sie nicht noch einmal die ewigen Wälder wieder erlebte. Sie hatte nicht Ruh gegeben. Jemand – so verlangte sie – mußte sich auf Vorträge über nordische Backsteingotik vorbereiten. In vier Wochen würde sie sich mit diesem Jemand in Riga treffen, dann wollten sie gemeinsam die norddeutschen Hansastädte besuchen, um Kirchen und Profanbauten zu studieren.

Von heut auf morgen hatte sich Lil dafür entschieden und den Plan bei ihrem Mann durchgesetzt. Die estländischen Verwandten waren zwar tot oder nach Petersburg oder in Weißrußland verheiratet. Aber es gab noch die kurländischen, auch der Baron Rosen in der hiesigen Gegend gehörte dazu. Was den Baron anlangte, konnte ich Lil Bescheid sagen. Wahrscheinlich waren Briefe verloren gegangen, und morgen oder übermorgen würde er nach Jalta fahren. Mit den anderen Verwandten war alles in Ordnung, d. h. ursprünglich gewesen. Sie hatten Lil schriftlich aufs herzlichste willkommen geheißen, aber nun, da sie anlangte, auf dem alten, schönen Besitz in der Nähe von Mitau, fand sie das Haus leer. Allerdings Sommergäste waren da und Dienerschaft genug. Aber Onkel Jakob Johann und Tante Vera hatten plötzlich eine Todesnachricht bekommen, die sie der Erbteilung wegen wahrscheinlich auf eine bis zwei Wochen nach Moskau rief. Lil sollte es sich indessen recht behaglich machen im Hause. Aber sie hatte sich ausgedacht, sie wolle die Zeit benutzen und ein wenig auf Abenteuer ausgehen, das heißt, sie wollte quer durch Kurland reisen. Sie wollte Kap Domesnäs sehen und Mittsommer in Riga verleben.

»Es ist ein Geheimnis dabei«, sagte sie. »Die Mutter der Prinzessin, oh, meine Mutter kam mir wirklich immer vor wie eine schöne, verbannte Königin; sie hat jemand geliebt, der nicht mein Vater war. Ich hab' ein traurig liebes Bild gefunden in ihrem Nachlaß. Benjamin stand darauf. Johannisnacht 1870. Riga.

Mutter erzählte zuweilen von einer Johannisnacht in Riga. Dann war ihr Gesicht so rosenrot wie der Himmel, von dem sie erzählte.«

»Wie der Himmel heut?«

»Ja, Ask.«

»Dann war es wie dein Gesicht jetzt eben, Lil.«

Sie sah mich an.

»Und du glaubst, du könntest Mittsommer allein verleben in Riga?«

Ein Beben überflog sie. Sie faltete die Hände zusammen vor ihrem Schoß. Sie wollte von etwas anderem anfangen, aber in diesem Augenblick bemerkte sie die Gestalten, die ich modelliert hatte. Sie hatten im Schatten gestanden bisher, die verschiedenen Upsaus und Mildas, die Scheusale und Grotesken und der balzende Auerhahn.

»Das ist von dir, Ask?«

»Ja, Lil.«

Lil ging von einem zum andern; ganz lange, eindringlich prüfte sie jede Gestalt. Sie sagte kein Wort. Nur über das Achatgrün ihrer Augen glitten fortwährend goldene Pünktchen. Plötzlich – war das nicht Lil in dem roten Mäntelchen, die der Schneerausch überkam? Sie geriet außer sich. Sie tanzte im Kreise. »Das Wunder!« rief sie einmal über das andere.

Ich berührte leise ihre Schulter. »Lil, was ist es? Was beglückt dich so sehr?«

Ich stand dicht hinter ihr. Sie bog sich zurück. »Ich weiß es nicht«, sagte sie langsam. Ihr schmaler Körper berührte meine Brust. Sie redete über die Schulter weg zu mir herauf. Da war sie wieder, diese Nackenwendung, die mich erschütterte. »Das kann man doch nicht erklären«, sagte sie. »Heut kann ich es noch nicht erklären.«

Dann ging sie wieder zu den Plastiken. Von jeder sagte sie gerade das, was davon zu sagen war. Den Mildas strich sie sanft über den breiten Leib. »Erde«, sagte sie. »Wie viel warme, gute, dunkle Erde!« Zuletzt kam sie zu dem Auerhahn.

Ich mußte ihn in das Licht tragen. Plötzlich sah ich sie wieder erblassen bis in die Lippen. Wie bei dem Röhren der Tritonsmuschel. Ihre Augen weiteten sich und bekamen etwas Starres und Flimmerndes zugleich. Sie ballte die Hände und drückte sie in den Gelenken nach außen. »Das gibt es?« Ihre Stimme war leicht bedeckt. »Es gibt – das?«

»Ja. Lil.«

Lil schwieg. Der Atem stieß ihre kleine Brust. Die Bäume rauschten auf. »Fürchtest du dich, Lil?«

»Nein.« Sie machte sich ganz schmal und hoch. Ihre Nüstern spannten sich.

Nachher machten wir einen Weg in den Wald. Lil war wieder ferienglücklich. Sie erzählte mir, wie sie eigentlich zu mir gelangt war. In St. Olai hatte sie plötzlich die Lust erfaßt, einen Spaziergang in die Wälder zu machen. Sie war nun neun Stunden von der Postkutsche gerüttelt worden. Man könnte eine Post überschlagen, dachte sie. Das Gepäck blieb auf der Station. Das Endresultat dieser Wanderung war mir bekannt.

»War es nicht Schicksal, Lil?«

»Ja«, sagte sie leise und fest. Sie legte ihre Hand auf meinen Arm. Ich sah ihren Ehering. Etwas in mir wurde kalt und leblos. Aber als sie die Augen zu mir aufhob, die ganz dunkel geworden waren und doch voll tausend tanzender Pünktchen, vergaß ich den Ring. Die Demut, die Stille und die milde Wärme des Glücks erfüllte mich wieder ganz.

Als wir weiter gingen, erzählte mir Lil auch noch einiges von ihrem zu Hause. »Jemand« war Privatgelehrter, Kunsthistoriker. Sein Feld war die Klassik. Durch Studium und Neigung, d. h. natürliche Veranlagung. Lil war in Athen sehr viel besser zu Hause als in Berlin. »Ja,« sagte sie, »dies alles ist schön und herrlich, und daß ich bei allem dabei sein muß. Eberhard, nun also, Eberhard, er schreibt kein Wort, das ich nicht mit ihm durchdachte. Dies alles denken wir gemeinsam. Aber . . .«

»Aber, Lil?«

»Ja, eben das andere!« sagte sie.

Sie schwieg.

»Und die Klassik« fing sie plötzlich an, »gewiß, die Klassik wird immer das Endergebnis von Hochkulturen sein. Die geistigen Gesetze triumphieren zuletzt einmal und nehmen Leib und Seele in Zucht und Ordnung. Aber mir scheint, man darf doch nicht die Vorstufen außer acht lassen. Und ebensowenig die Folgeerscheinungen. Das runde Weltbild ergibt sich doch nicht allein aus den Höhepunkten. Und möchte man neben dem vollendeten Gemälde oder der Skulptur den unmittelbaren Reiz der Skizze entbehren wollen?«

»Oh,« sagte Lil, wie sie einen zarten, wehenden Birkenzweig abbrach, »das junge Chaos, wie es mich immer ergreift! All das Suchen und Tasten und Irren und das jünglingshaft Herbe, das Abweisende und das Überstiegene und das Inbrünstige! Es ist einem menschlich irgendwie näher als die Vollendung, wo das alles überwunden ist, wo das Statische – verzeih, Eberhard ist immer so wissenschaftlich in seinen Ausdrücken, das färbt ab – also wo Inhalt und Form eins wurden. Die Vollendung bete ich an, aber das Werdende ergreift mein Herz.

Ach«, sagte Lil, »und ist das Ewige nicht zugleich das ewig Wandelbare? Vielleicht liegt in den großen Zersetzungen schon wieder der neue Aufstieg beschlossen. Man dürfte nichts aus den Zusammenhängen herausnehmen. Nicht wahr?«

»Nein,« sagte ich, »darin liegt wohl das Geheimnis. Die klassischen Zeiten sind wie die Schmucksteine im Ring des Weltgeschehens. Bricht man sie einzeln heraus, sind sie Kostbarkeiten ohne Beziehung und Sinn.«

»Ja,« Lil strahlte vor Glücke »gerade so. Und wenn man nicht in die Epoche eines Klassischen hineingeboren ist, als Stern, als Ziel der Sehnsucht, als Führer sollte man es freilich immer ansehen, aber man sollte doch vor allem seiner eigenen Epoche ganz blutvoll nahe sein. Sie zu verstehen suchen. Ihr gerecht werden. Kann nicht nur auf diese Weise eine neue Vollkommenheit erreicht werden? Eberhard . . .«

Lil schwieg. »Darum ergriffen mich deine Plastiken vorhin bis ins Letzte«, sagte sie dann leise und schnell. »Ich hatte so lange gesucht, ganz für mich allein. Ich hatte einmal meine Hoffnungen auf Ägypten gesetzt und dann auf Indien, und als diese schließlich doch für heut versagten, wollte ich mich der Gotik in die Arme werfen. Aber jetzt sehe ich, ein Zeitalter kann nicht wiederholt werden. Jedes ruht in sich, ganz rund und geschlossen. Nur aufrufen kann es, Kräfte freilegen, bestürmen irgendwie. Und vorhin – ich sah plötzlich einen schmalen, gefährlichen Grat vor mir. Einen neuen Höhenweg. Ich glaube, viel Chaos wird erst lange die Täler füllen. Wir haben gar zu lange von unserer neuen Wahrheit nichts wissen wollen. Aber vorhin, ich sah neue Hochziele! Es war wie Sonnenaufgang.«

Lil wandte mir ihr Gesicht zu. Es war blaß und zuckte. Ihre Augen schimmerten.

»Hab' Dank, Lil!« Ich nahm ihre Hand, die nicht den Ehering trug. Ich küßte sie.

Nachher pflückte ich einen Strauß für sie, Grünes und Blühendes, groß wie ein Haus.

»Wie sonderbar,« sagte sie. »ein Mann pflückt Blumen? Und ordnet sie, gerade wie ich es tun würde. Eberhard pflückte mir einmal einen blauen Storchschnabel. Er ist so rührend komisch zuweilen.« Sie lachte hingegeben. »Einen blauen Storchschnabel ausgerechnet! Ich sehe ihn noch von seiner Höhe zu dieser prosaischen Blume herniederreisen. Sie fliegt noch dazu ab, während man sie pflückt. Aber«, sie errötete, »zu unserm Hochzeitstag bekomme ich immer etwas sehr Pomphaftes, eine Hortensie zum Beispiel. Und zum Geburtstag Georginen. Wie wunderbar«, es fiel ihr eben ein, »lauter geruchlose Blumen! Lauter Blumen ohne Seele!« Sie schien über etwas nicht ins reine mit sich kommen zu können. Plötzlich fing sie an zu singen.

O Lil, du sangest! Mit einer lieben, zarten und glücklichen Kleinmädchenstimme sangst du – die Lorelei!

Dann lachten wir darüber, während doch irgend etwas heimlich auf dem Grunde unserer Seelen weh tat. Und dann merkte ich, wie die Rückwirkung der gestrigen Anstrengung dich plötzlich überkam. Wir kehrten um.

»Nach Hause?« fragtest du.

»Ja, Lil, nach Hause.« Und das letzte Stück trug ich dich in meinen Armen.

Als du später von einem guten Schlaf auf der Sofabank erwachtest, wagte ich es. Du konntest diese Nacht nicht bis St. Olai wandern. Es ging nicht. »Schenkst du mir noch einen Tag, Lil, oder zwei? Das Leben ist lang. Und mir gehören nur soviel Tage davon, wie du mir schenkst, Lil.«

Du zittertest leicht. Du zögertest. »Wie willst du es einrichten?« fragtest du schließlich.

Aber schlief ich nicht schon seit Tagen im Freien? Es war draußen wieder fast völlig trocken. Mein Bett war bereit für Lil. Sikras würde im Hause bleiben und die Schwelle bewachen. Ich bewachte den Umkreis.

»Und das Gepäck?«

»Wenn es nur ein Handkoffer ist!« Ich konnte ihn sogleich holen. Es war zwölf Uhr mittags. Gegen sieben spätestens würde ich zurück sein. Sikras blieb da als Schutz und Ritter.

Du atmetest tief herauf. Ein Losgebundenes und Geheimnisvolles schaukelte in deinen Augen. So mußten meine Augen ausgesehen haben, damals, in Berlin, unter den Bogenlampen, auf dem glitschigen Asphalt. Als Bergfeld es sagte . . .

Als ich ein paar Augenblicke später in den Wald einbog, sah ich mich noch einmal um. Lil stand auf der Schwelle des Hauses. Sie winkte. Ich ging wie im Traum.

Bei meiner Heimkehr hatte Lil die Stube mit Zweigen und Grün geschmückt. Sie kam mir entgegengelaufen über die Wiese. »Ask,« sagte sie, »o Ask!«

Ich vergaß, daß es ein Draußen gab, hinter dem Walde. Ich vergaß den Ring an ihrem Finger. Ich legte meine Arme um Lil. Wir küßten uns.

»Ja«, sagte Lil, als ich sie aus den Armen ließ. »Ja, ja!« Ihr Gesicht war wie beschienen. Wir gingen Hand in Hand zu unserm Hause.

Nachdem ich den Koffer geöffnet hatte, schickte Lil mich wieder fort. Bald danach stand sie ganz neu auf der Türschwelle. Sie hatte ein weißes, weiches Kleid an, kurzes, festes Leibchen und einen fließenden Rock. Hals und Arme waren frei. Einen schmalen Kranz aus Siebenstern trug sie tief in die Stirn gesetzt. Sie sah aus wie die Seele des Waldes.

Das Fest unserer Mahlzeit sollte draußen stattfinden. Wir speisten kalt, außer sehr vielen Tassen glühheißen Tees. Morgen früh würde ich irgendeinen Vogel heimbringen oder einen Hasen oder einen Fisch.

Ich zeigte Lil mein Boot. Ich hatte es aus einem Pappelstamm gehöhlt, nachdem mir die Gedinger-Leute den Stamm mürbe gekocht hatten. Sie waren geübt in solchem Geschäft. Lil geriet wieder außer sich vor Entzücken. Sie mußte wieder tanzen. Wie ein tauberauschtes Waldfräulein wirbelte sie über die Wiese. Plötzlich stand sie still, mitten auf der Wiese, die wie ein See wirkte. Die Dolden des Schierlings, Grasrispen und große bläuliche Glockenblumen brandeten um ihre Knie wie erregte Wasser. Sie hatte sich leicht zurückgeworfen, Kopf in den Nacken gedrückt, Oberarme und Körper wie verwachsen, Unterarme gelöst und gedehnt. Die aufwärtsgekehrten, zusammengefalteten Handflächen mit den gestreckten Fingern erweckten den Eindruck von Schalen, die sich verschütten. Ganz streng war die Haltung, fast starr. Als ob sie zerbrechen müßte unter einem Höchstmaß der Empfindung, wenn sie sich nur im geringsten nachgäbe. Es war Abgeschlossenheit und Hingabe in einem. Man konnte nicht sagen, wurde Gott empfangen oder unermeßlich verschenkt. In dieser eigentümlichen Haltung und Gebärde stand Lil, wie ich sie später der schenkenden Mutter Gottes gab.

Ich sah ihr zu. Ich trieb dahin auf funkelnden Strömen ohne Namen . . .

Wie ich mich an jeden Augenblick erinnere, den wir lebten! Einmal – die folgende Nacht war zur Wanderung nach St. Olai festgesetzt – sagte ich wie im Traum: »So ward aus Abend und Morgen der dritte Tag. In sieben Tagen schuf Gott Himmel und Erde.«

Lil erblaßte. Sie hatte ein so tiefes Erblassen, wie ich es sonst bei niemand gesehen habe. »Himmel und Erde«, wiederholte sie träumerisch. »Und selbst Gott brauchte sieben Tage! Ich legte den Arm um ihre Schulter. »Lil, glaubst du, glaubst du wirklich, du könntest in Riga Mittsommernacht allein erleben?«

Sie stand eine Weile wie erstarrt in meinen Armen, dann wandte sie sich hastig herum: »Nein, oh nein!« rief sie laut und klagend.

Ich trug sie zu der Moosbank, die ich ihr am Fuße der Birken gegenüber dem Hause bereitet hatte. Dann kniete ich neben ihr nieder. »Sollen wir geringer sein als unser Schicksal, Lil?«

Sie herzte mein Gesicht, das ich an ihre Brust gelehnt hatte. Sie erwiderte nichts. Sie weinte und lachte. Ich wußte, sie blieb, und ich sollte sie nach Riga begleiten.

Ein andermal gingen wir vor Sonnenaufgang an die Stelle des Moors, wo die Horste der Fischreiher sind. Nicht wie die der Silberreiher oder der Steppenreiher im Schilf, sondern hoch auf den Bäumen. Schon aus der Ferne zeigte ich sie Lil durch den Zeiß, etliche am Rande des Moors, wie ihre Mütter sie zu schlafen gelehrt hatten seit Jahrtausenden: auf einem Bein, das andere leicht angezogen, Brust herausgeplustert, Kopf ins Genick gedrückt, den Schnabel aufgestellt wie eine Lanze. Lil geriet wieder außer sich über diese bequeme Art, sich der Ruhe hinzugeben. Ein paar andere waren bereits beim Fischfang. Sie standen gleichfalls unbeweglich und warteten. Als ob sie einen geheimen und dunklen Naturritus ausübten. Bald darauf überglühte Sonnenlicht beide, die Schlafenden und die Arbeitenden.

Einmal sahen wir die Tiere und einmal die Pflanzen und einmal das Geheimnis der Sterne. Ganz matt schimmernd, kaum sichtbar standen sie in dem rosenfarbenen Himmel. Aber ich hatte eine zerbrochene Glasscherbe leicht geschwärzt, und ich holte den Sextanten Rottmanns und die Sternkarte, und wir wurden nicht müde, unserm mangelhaften Stadtwissen nachzuhelfen. Wir wählten uns jeder einen Stern, der uns gehörte. Lil wählte den Arktur im Bärenhüter, und ich die Spica in der Jungfrau. Aber wir hatten noch viele Lieblinge außerdem.

Manchmal erzählten wir uns auch von unserm »Draußen«. Lil mußte alles wissen; von der guten Agathe und dem Elternhause von der Mona-Lisa-Erscheinung und meinem Gelübde, und wie ich es gebrochen hatte. Von meiner Einsamkeit und dem Kampf um mich selber. »Lieber, ach Lieber!« Wie süß es war, wenn sie meinen Kopf in die Hände nahm und an sich drückte, und ich spürte den Schlag ihres schmerzlich erregten Herzens.

Manchmal fing auch sie an und erzählte von ihrem »Draußen«, in dem Reichtum und dennoch der scharfen Begrenztheit ihres Lebens mit – Eberhard. Aber dieses Draußen schien uns nicht zu betreffen. Es blieb draußen. In unsere Tage und Nächte reichte es nicht hinein.

Die Nächte! –

Am ersten Abend, als ich Lil in ihr Haus führen wollte, hatte sie es bereits gesagt: sie wollte nicht drinnen schlafen. Sie wollte nicht in einem Bett schlafen.

Da richtete ich ihr ein Lager aus Laubstreu und Moos mit Laken und Decken und den Birkenkissen der Sofabank, und ich selber lag in meinen Mantel gehüllt mit Sikras zu ihren Füßen.

»Brüderlein und Schwesterlein gingen in den Wald«, sagte Lil beim ersten Niederlegen. Ich erschrak. Ich wußte, es war nicht so. Ich fühlte es in meinem Blut. Da wagte ich es nicht, Lil zu küssen, wie ich es getan hatte, als ich heimkam, im Rausch eines Glückes ohnegleichen und doch sanft.

Als wir eine Weile geruht hatten, hörte ich Lil leise meinen Namen rufen. Ich antwortete nicht, ich wußte nicht warum. Aber später wußte ich es wohl. Lil stand auf. Sehr behutsam. Sie kam zu mir und sah mich an. Ich fühlte es, obgleich ich die Augen fest geschlossen hielt. Ich wartete. »Gute Nacht, Ask!« sagte Lil leise. »Gute Nacht!«

Sie bückte sich über mich, und ich fühlte ihren Kuß auf meinen Augen, zart, als ob ein Schmetterling mich streifte.

Dies war unser »Gute Nachts bis zum letzten Abend.

Bei Tage gingen wir Hand in Hand und saßen aneinandergeschmiegt, und bei Tage küßten wir uns mit vielen zarten und süßen Küssen. Zur Gute Nacht küßten wir uns nicht. Aber immer, wenn Lil dachte, ich sei eingeschlafen, rief sie: »Ask!« Und wenn ich nicht antwortete, kam sie, und ich fühlte ihren Kuß leise wie Schmetterlingsflügel auf meinen Augen.

Einmal zeigte ich Lil das Bild des kleinen Mädchens mit der blauen Schärpe. »Mama!« schrie Lil. »Meine herzige, kleine Mama! Wie ist es möglich?«

Da erzählte ich ihr von Benjamin Rottmann, was ich von dem Baron Rosen wußte, und ich zeigte ihr die Schriften Rottmanns.

Lil saß auf meinem Schoß, während ich ihr erzählte, und während wir zusammen lasen. Ihr weiches Haar streifte meine Wange, und ihr Atem strich mir über Gesicht und Hände. Sie war wie ein Stück von mir. Ja, wir waren bereits vermählt. Auch ohne – das Letzte!

Als wir zu Ende gelesen, schlang Lil die Arme um meinen Hals. Sie war ganz kalt geworden und ihr Körper zitterte. »Ärmster Mann!« flüsterte sie. »Arme, arme Mama!«

Dann gab sie sich in meine Liebe, wie jemand auf der Flucht sich in den Schutz und die Wärme einer lampenhellen Hütte birgt.

An diesem Abend sah ich Lil noch einmal auf der Wiese stehen in dieser erschütternden Haltung der Empfängnis und der Hingabe.

Ein paarmal gingen wir zum Moor. Es übte auf Lil dieselbe geheimnisvolle Anziehungskraft aus wie auf mich. Als wir an die Stelle kamen, wo der elende morsche Stamm eine Brücke bildet, »hier war ich schon einmal!« rief Lil. »Ja, hier! Über diesen Stamm bin ich gelaufen an dem schrecklichen Tag. Oh, an dem geliebten Tag! Ask«, sie wandte sich um. Sie lehnte sich zurück an meinen Arm: »Am ersten der sieben geliebten Tage!«

»Ach Herz, mein Herz!« Ich fühlte die Kälte im Genick als ich von ihrem Wege hörte. Wir kamen gerade über eine böse schlammige Stelle. Ich nahm Lil in meine Arme und trug sie hinüber. »Es war schlimm damals«, sagte sie an meinem Ohr. Ich fühlte die Schauder durch ihren feinen Körper gehen. »Es war, als ob die Stille einem das Herz abdrückte. Der Sturm, als alles schwankte und krachte – das war nicht das Schlimmste, das war großartig und herrlich in allem Schrecken, aber *diese*Stille war grausam. Ich glaube, wenn das ganz Furchtbare über die Menschen kommt, das ganz Unerbittliche – dann kommt es in solcher lautlosen Stille.«

»Ach, Lil!«

Ich ließ sie nicht von den Armen als wir schon wieder festes Land unter den Füßen hatten. Brüderlein und Schwesterlein gingen in den Wald? Konnte sie es noch immer glauben?

»Nicht denken«, sagte Lil plötzlich. Sie bog meinen Kopf zu dem ihren. »Es kann nicht aufhören. Dies kann nicht aufhören!«

»Ich weiß noch nicht, wie«, sagte sie nach einer Weile. Ihre Augenbrauen zogen sich schmerzlich zusammen. »Es wird so großes Leid damit verbunden sein. Aber es gibt etwas, das dauern muß. Alles höchste will Ewigkeit.« Sie atmete tief. Tränen überströmten plötzlich ihre Wangen. Sie küßte mein Gesicht, Augen und Mund. »Du bist bei mir!« Ihre Stimme flog. »Du bist – bei – mir!« –

Dann glitt sie aus meinen Armen nieder. Ehe ich sie halten konnte. »Heute ist heut!« Ihre Augen waren noch immer mit Tränen gefüllt, aber sie strahlten.

Wir waren an eine der schönsten Stellen des Moors gelangt. Eine Eiche steht dort, vermoost und verwittert. Dies ist der steinalte König. Immer noch ist Gottesgnadentum um sie her, dem nicht widersprochen wird. Zu ihren Füßen hält sich seliges Jungvolk; wehende Birken, Faulbaum, rote Föhren, Pihlbeerbäume mit blassen Korallenbüscheln übersät, ein paar Kiefernkrüppel und immer zusammen Eschen und Erlen.

Ich bereitete für Lil einen weichen Sitz. Kranzmoos wuchs hier in dicken, lockigen Polstern. Wettermoos, das den Regen ankündigt, aber auch Frauenhaar mit den zarten, goldgebecherten Fäden.

Lil fing an von den kleinen Moosleuten. Sie hatte eine Amme gehabt aus der Rhön. Man mußte mit der Axt ein Kreuz in die Baumstümpfe schlagen, daß sie sich daraufsetzen konnten und Schutz fanden vor den bösen Geistern, und man mußte ihnen Speise auf den Ofen stellen.

Meine gute Agathe stand plötzlich vor mir. Und alles Geheimnisvolle, Erdhafte, damit sie verbunden war.

Lil hatte von ihrem Sitz aus eine Orchis entdeckt, mit der Unterlippe wie ein goldener Schuh. Die übrigen Blütenteile glichen bepurpurten Bändern. »Sieh, o sieh!« Sie bog mir das Gesicht zu der Blüte.

»Marienschühlein, Lil. Weißt du auch das Geheimnis der Wurzel? Nein?

Sie hat eine Hand an der Wurzel, die Orchis. Manchmal ist sie schwarz und ein andermal weiß. Die schwarze Hand ist Satans, die weiße Christi. Wenn jemand von seiner Liebe verlassen wurde, muß er ausgehen, allein, um Mitternacht am Johannistage und eine solche Wurzel ausgraben. Ist er reinen Herzens geblieben, so findet er die weiße Hand. Er muß sie in fließendes Wasser werfen. Dann verläßt ihn seine Not.«

Lil drückte sich fester an mich.

»Soll ich sie ausgraben, Lil?«

»Dann muß sie sterben. Sie ist so schön.«

Aber ich pflückte die Blüte und steckte sie Lil an die Brust. Die Knolle konnten wir nachher wieder eingraben. In diesem feuchten Erdreich würde sie bald wieder festwurzeln. Mein Taschenmesser tat schnelle Arbeit. »Die weiße Hand!« jubelte Lil. Sie sah die eigentümliche Knolle an, gespannter Frage. Plötzlich küßte sie sie. »Was tust du, Lil?«

»Ich weiß nicht.« Ihre Stimme klang hilflos. »Mir war so heilig«, flüsterte sie. »Seit ich auf deine Wiese kam, greift alles so weit hinüber. Bei uns, bei Eberhard, ist immer alles ganz klar und ganz einfach und fertig. Hier ist mir immer, als ob die Hauptsache erst hinter allem anfinge. Alles Vergängliche . . .«

»Ist nur ein Gleichnis.«

Lil schloß die Augen, wie sie ihren Kopf in meinen Arm zurückbog. Aber ich glaubte, ihren Ausdruck zu erkennen unter der leichten Decke ihrer Lider. Ihr Gesicht war wie fortgenommen in eine ferne Schau.

Ich wollte die Knolle behalten, die Lil geküßt hatte.

»Du brauchst sie nicht«, sagte sie in sanfter Zärtlichkeit.

»So will ich sie der Erde zurückschenken, Lil. So will ich deinen Kuß einpflanzen, daß er wächst und blüht und Sonne und ewig wird.«

»Ewig!« sagte Lil. »Ewigkeit!« Ihre Brust ging auf und nieder. »Früher habe ich immer nur in Worten gedacht. Jetzt kommt mir erst der Sinn der Worte.«

Dann gruben wir die kleine, weiße Hand wieder in die Erde. Es war wie eine heilige Handlung.

Sikras war so wunderbar in dieser Zeit. Er war es wohl immer. Aber in diesen sieben Tagen mit Lil übertraf die Feinheit seiner Seele alles bisher Dagewesene. Kein Mensch mit vollkommener Herzenskultur hätte sich taktvoller benehmen können. Seine Beherrschtheit in jägerischer Beziehung war ja immer schon beispiellos. Auch heut. Niemand hatte ihm gesagt, daß er sich setzen sollte, aber er tat genau so, als ob er diesen Befehl erhalten hätte. Keine raschelnde Maus, kein fürwitziges Eichhörnchen, kein abstreichendes Wild konnte ihn aus seiner Stellung bei Fuß fortlocken. Wie ein steinerner Wächter unserer Liebe war er bei uns. Er schien uns nicht zu hören und nicht zu sehen, aber seine ganze Seele war uns schweigend und leidenschaftlich hingegeben.

Dieses Glück, wenn wir ihn riefen! Er wußte alles um uns. Die Größe seines Gefühls überwand nach und nach jede letzte Anwandlung von Eifersucht. Er hatte nur den Drang, uns beide als das gleiche und das eine zu empfinden. Und er gab hundert zarte Beweise dieses Verlangens und Gelingens, bis jeder Zwiespalt in ihm endgültig gelöst war.

Ich sah zufällig einmal zu ihm herüber, wie er, die Nase gegen den Wind, kurz atmete und ein leises Zittern von Zeit zu Zeit durch seine Flanken lief.

»Wilde Enten, Lil! Wahrscheinlich ein ganzer Schoof wilde Enten! Hörst du sie brausen? Wir werden sie nicht sehen können. Sie haben, wie es scheint, nicht diese Stelle des Moors im Sinne. Sie rudern uns querüber hoch in den Bäumen. Aber hörst du das Brausen ihrer Flügel?

Lil, heute bin ich fürstlich im Darbieten. Siehst du dieses? Sieh doch nur! Sieh!« Ein Viertelhundert Trappen strich über das Moor. Wie dunkle Pilger. Wie ihr breiter, beruhigter Flügelschlag die blasse Bläue durchklafterte!

Ja, dies war ein Anblick! Aber nachgerade hieß es doch an die Arbeit gehen. Unsere Speisekammer wurde leer. Ein paar Vögel wären gut zu Mittag und Abend. »Erlaubst du, Lil?«

Lil wußte vom ersten Augenblick, was Ansitzen bedeutet. Das Blut ihrer Ahnen war in ihr lebendig geworden, sobald sie den Fuß in diese Wälder setzte. Obwohl jene Pirschgang und Ansitz kaum geübt hatten, die Art des Jagens, die den letzten Geheimnissen am nächsten bringt. Jetzt blieben wir lautlos und bewegungslos wie Sikras.

Einmal gab ich das Prismenglas an Lil. Große Zeit, war das kostbar! Weitab, jenseits der kleinen Halbinsel gegen das schwärzliche Unterholz ein dunkelkupfriger Bock. Königlich hatte er aufgesetzt.

»Verzeih, Lil! Sikras, was meinst du, Rebhühner?« Der Bock ging auch gerade ab. Irgend etwas hatte ihn aufgeschreckt. »Sieh nach, Sikras, was dort vor sich geht!«

Als Sikras Befehl erhielt, zu revieren, merkte man erst, von welcher ungeheuren Spannung er erlöst wurde. Er war bewunderungswürdig. Kaum zwei Minuten, da liefen sie schon an dem schmalen, dunklen Schilfstreifen entlang. Von der Wiese herüber, ganz langsam, zog Sikras nach. Wie ein Mathematiker berechnete er. Nicht zu weit links, Sikras; dann gehen sie ab ins Unterholz. Ach so, du willst sie über das Moor bringen, da, wo es dich trägt.

Sie sind hartnäckig. Jetzt – ha – Sikras ist vollkommen! Der erste geht hoch, der zweite . . . »Erschrick nicht, Lil!« Ich habe angebackt. Himmel, ein Volk von sechzehn Stück! Sie müssen von Süden hergekommen sein, wo die Wälder sich auftun zum Widelsee. Jetzt wollen sie zurückkehren von ihrem Streifzug. Nun, fahr hin! Bei dem ersten war ich zu hitzig. Aber der andere – wie ein Stein.

Sie verfliegen sich. Ich habe wieder geladen. Das lohnt doch wirklich nicht. »Sikras, könntest du sie nicht noch einmal aufmuntern? Oh weh, das meintest du nicht; auch dieses ist hin, es fiel mitten ins Moor. Aber die beiden andern – und das dritte – und noch eins!« –

Als ich Lil ansah, hatte sie den Kopf tief in den Nacken gedrückt. Ihre Wangen waren gerötet, ihre Augen schimmerten.

»Meinst du das, Lil? Da drüben, über den himmelhohen Eschen? Noch höher, immer höher, den glühenden Punkt? Die leidenschaftliche Seele? Direkt in den Himmel schraubt sie sich hinein, direkt ins Jenseitige. Lil, soll sie uns sagen, was sie gesehn hat?

Nein? Du willst, sie soll sich verzücken in die Unendlichkeit? Gut, Lil, gut!« – Es war ein roter Milan. Eine Königsweihe. Ich hätte ihn gern Lil von nahe gezeigt. Jetzt erblickte sie nur den Edelrost des Brustschildes, nicht den weißgefiederten Helm, mit Blut besprenkelt. Nicht der Schwingen düsteres Feuer und den glühenden Rückenharnisch. – »Aber du hast recht! Leben ist heilig! Sehnsucht ist heilig, Lil!« –

Sikras brachte bereits den dritten Vogel angeschleppt. Weich im Maul. Kein Federchen wäre ihm gekrümmt worden von dieser Seite.

Dieser Tod war etwas anderes. Er bedeutete Leben für uns. Und dennoch das Geheimnis? Noch warm, eben noch gebadet in Sonne und Heiterkeit. Und nun – ein winziger, roter Fleck auf den Brustfedern und – gebrochene Augen, die Ständerklauen steif ausgereckt. Bald ist die Wärme entflohen. Tod, Lil, wie wunderbar ist der Tod! Was ist der Tod? Was ist Leben? Tauschen wir nur eine Wirklichkeit gegen eine andere? Es wird wohl so sein, wie sie sagen: wenn unsere Körper aufhören zu sein, kehren sie zurück in die alte Erdheimat, der sie entstammen. Der große Kreislauf wird niemals unterbrochen. Und das ist Ewigkeit.

Nur daß sich die Sehnsucht der Einzelseele damit nicht zufrieden gibt, Lil. Daß sie Ewigkeit verlangt für ihre höchsten Augenblicke! Für ihr letztes Erleben, das so sicher hinübergreift in ein fremdes, unerforschtes und doch so wirkliches Reich. Ja, dieses letzte Erleben! Gebunden an Erde, gebunden an Fleisch und Blut, und dennoch, wie im Sakrament, Erde erhöhend zum Himmel, Fleisch und Blut umwandelnd in das Göttliche, sollte es uns nicht Bürgschaft sein, daß die kleine Einzelflamme, unsere Seele, nicht erlöschen kann? Daß sie nichts anderes ist als ein Atom jener gewaltigen flammenden Seele, die, weil sie alles ist, auch du sein mußt, Lil, auch ich? Ist diese Erkenntnis nicht dasselbe wie die Lehre von der Immanenz und Transzendenz Gottes? – Beschlossen in die Grenzen unserer kleinen Menschlichkeit und zugleich aller Welten und Himmel König und Herr?

So hatten wir viele Stunden, da wir zusammen vor den großen, dunklen Toren standen und von drüben her die gewaltigen Herzschläge spürten.

Einmal zeigte ich Lil zwei Schnecken. Sie waren grau und silberglänzend aus ihren Häusern herausgestiegen, soweit sie es vermochten. Ihre Oberleiber waren aufgerichtet. Die Fühler gestreckt wie Geweihe. Sie sahen aus wie winzige Hirsche. Sie berührten einander fortwährend zärtlich mit den Fühlern. Sie saßen am Rande eines grünen Hanges, in einer kleinen, rotblühenden Bucht, in Sonne gebadet. Und immer wieder berührten sich ihre bebenden Fühler, während die Schmetterlinge durch die goldnen Wellen taumelten, in denen Blumen und Gras ihre Liebe ausströmten.

Ein andermal ruderte ein Zug Kraniche den Himmel entlang. Eine langgestreckte, perlgraue Eins in Türkisen gesetzt. Wenn der Wald im Golde stand, würde der Kranichzug wie die Abschiedsgebärde dieser Zeit erscheinen.

Oh, es geschahen Wunder über Wunder für Lil und mich. Das Heimlichtun einer Birkhenne, die im Erlengebüsch ihr Gelege verbarg, gehörte dazu. Der kleine Hase, dessen possierliche Männchen uns eben noch erheitert hatten, und der in angstvollen Fluchten plötzlich die Wiese nahm. Aber der Habicht blieb dennoch sein Schicksal. Der Terpentingeruch der Kienkerzen gehörte dazu, und das Sieden des Harzes, die Stämme hinauf. Das plötzliche wilde Reden und das ebenso plötzliche Verstummen des Schilfes. Die Wolke von Brachvögeln, deren Silber und Gold vom hohen Himmel durch die Zweige sickerte, mit der Musik ihrer Liebe, wie von englischen Harfen und Zymbeln. Das Geheimnis der roten Pilze gehörte dazu, zwischen dem säuerlichen Altersgeruch vermorschter Stämme. Das Zittern der Luft von tausend Florflügeln und hornigen Flügeln, der millionenfältige Paarungsrausch des Kleinvolks auf der Erde, in Moos und Fallaub, die Lichtungen von roten Beeren besternt; die kleinen Zaunkönige in den Schwarzdornhecken, der berauschende Duft der Porschblüten, die Lichter, lebendig und geheimnisvoll wie Träume, die an den Stämmen hinauf und herunter liefen, und das plötzliche Aufschrecken des Waldes wie vom Nahen des Schicksals.

Wie spukhaft wirkte z. B. der unbegreifliche Wirbeltanz eines einzigen Blattes am Zweig, während alle seine hunderttausend Geschwister wie leblos hingen, oder das Aufbaumen eines Kauzes, der in das hohe Licht des Mittags sein Uh–huh wie einen unheilvollen dunklen Kohlestrich hineinsetzte. Ja, der Mittag überhaupt! Diese undeutbare Stunde, wenn der Bilwitz den Wanderern aufhockt und die Roggenmuhme mit den eisernen Brüsten weit draußen durch die Felder geht, und wenn plötzlich im Röhricht oder auch tief drinnen im Wald die Pansflöte anhebt und »das« steht Auge in Auge mit einem: das Unerhörte!

Zu andern Malen erzählte Lil von der Zeit, die sie als Kind bei den Verwandten in Estland verbrachte. Man hatte eins der benachbarten Güter besucht. Als man heimfuhr, war es nach Mitternacht. Aber das Blut ist erregt in diesen rotblühenden Nächten. Auch Kinderblut. »Wir fuhren über eine weite Wiese«, erzählte Lil. »Dort ging das Vieh wie mit Rosen bekränzt. Der Himmel schien unermeßlich und paradiesisch schön, und der kleine Fluß, quer durch die Wiesen, war wie mit geschmolzenem Feuer gefüllt. Hier und da stand eine schmale Rauchsäule in all dem Rosenroten. Da kochten sich die Hirten etwas. Es war alles so jenseitig. Ich hätte es natürlich nicht ausdrücken können. Aber ich spürte irgendeine bange Sehnsucht. Mama und ich wachten zuletzt noch allein in dem großen Wagen. Alle andern schliefen, sogar der Kutscher, glaube ich. Wir fuhren hin wie in einem wunderbaren Traum. Wie in einem Lande jenseits alles Verlangens. Plötzlich merkte ich, wie Mamas Schultern bebten. Sie hatte die Hände vor das Gesicht gedrückt und zwischen ihren schlanken Fingern quollen die Tränen hervor. Ich fing auch an zu zittern. War ich vielleicht gestorben? Und war schon im Paradiese? Und nur noch ein bißchen fremd dort? Mama weinte. Dann mußte die Welt wohl untergegangen sein.

Gerade in dem Augenblick nahm Mama die Hände von den Augen. Sie begriff alles. Sofort. Sie nahm mich ganz nah. Sie lächelte. »Man muß immer gut sein,« flüsterte sie, »dann braucht man nicht zu weinen, wenn es so schön ist wie jetzt eben.«

Ich erschrak. – Mama . . . war Mama nicht – immer? . . . Aber das war unmöglich. Ich drängte mich noch fester an sie und küßte fortwährend ihre schmalen Hände, die von Tränen naß waren. Und dann sagte Mama noch etwas, was ich nicht begriff und was ich Jahre hindurch vergaß: »Schuld und Schmerz und Sehnsucht nach der Vollkommenheit«, sagte Mama. »Oh Benjamin!« sagte sie. Nachher küßte sie mich und lächelte sanft und ergeben. Dies war das Schönste und Schrecklichste, was ich erlebte in meiner Kindheit.«

»Später!« Lil flüsterte wieder, »bei den Bildern des Meister Franke, in Hamburg in der Kunsthalle, wo die Sterne ganz klar in dem völlig rosenfarbenen Himmel stehen . . . Es ist etwas Unmögliches, und doch erscheint es viel wirklicher als die Wirklichkeit. Als ich sie sah, hörte ich zum erstenmal wieder Mamas Worte: ›die Schuld und der Schmerz und die Sehnsucht nach der Vollkommenheit.‹ Ask . . .«

Ich nahm Lil in die Arme. »Warum muß Schuld und Schmerz in der Welt sein?« flüsterte sie, Mund auf Mund.

»Vielleicht um der Sehnsucht willen, Lil. Vielleicht ist die Sehnsucht nach der Vollkommenheit das beste, was wir haben. Oh Liebling!«

»Ja, Lil, und heut, wir haben nur noch heut und morgen und übermorgen. Heut sollst du das Höchste erleben, womit wir dir aufwarten können. Die Wanderung ist ein wenig weit und beschwerlich an dieser Seite des Moors entlang. Aber in der Nacht brauchen wir nicht zurück. Heut sollst du in meiner Höhle schlafen, und beschützt von unserem Lagerfeuer, wie wir vor tausend Jahren so oft zusammengeschlafen haben. Heut sollst du das letzte Mysterium dieser mysterienhaften Landschaft erleben. Denn woher tiefer als aus dem Auge vermöchtest du eine Seele zu deuten? Und hier ist das Auge der ewigen Wälder. Hier sind wir beim Moorteich.

Sieh, hier baue ich dir deinen Thron, am Fuße der jungen Silberbirke. Sie spiegelt ihre Schlankheit und ihr wehendes Haar in der dunklen Bronze des Moorteichs. Wirst du dich auch darin spiegeln, Lil?

Ja, wirklich! Wie du am Rande stehst, sehe ich den perlblassen Schimmer deiner Stirn – die stahlblaue Cyanea hängt sich in dein Haar. Sie nimmt es für die bräunlich goldene Rispe des Schilfs. Du bist schön, Lil! Und du bist geheimnisvoll wie die ewigen Wälder und wie der Moorteich. Bist du auch sein allerletztes Mysterium?«

Ich hatte alles mitgebracht, was wir für einen Tag benötigen mochten. Die Büchse selbstverständlich. Denn so völlig war ich in den fünf Monaten meines Lebens im Walde zum Jäger und Waldmenschen geworden, daß mein guter Drilling mir wie ein Glied meines Leibes erschien.

Aber auch Nelkenöl hatte ich mitgenommen. Das Fläschchen von Rottmann. Für Lil. Der Schnaken wegen vom Moorteich.

Nun saßen wir und träumten über all diesem. Vielleicht war es gar nicht ein Moorteich? Vielleicht war es Frau Isots Zaubertrunk? Dunkelgolden in einer Schale aus Malachit. Das schwere matte Grün seines Randes war geschmückt mit dem herrischen Funkeln der Smaragde, sanften Chrysoprasen und dem ganz unwirklichen Schimmer peruanischer Emeranthen. Ach, so werden wir ihn wohl trinken müssen, den Trank der großen Passion!

Wir hatten viele Freunde zu begrüßen: Rohrkolben, Schwertlilien, Vergißmeinnicht, gelbe Mummeln, stark duftende Minze und Weiden, die so sonderbar menschlich riechen. Aber zugleich wußten wir, daß unten im Grundwasser dennoch das Sumpfweib lauerte, mit Schwimmhäuten zwischen den grünen Fußzehen. Es springt den Unvorsichtigen an, drückt ihm mit kalten Fischarmen die Kehle zusammen, daß ihm der Schweiß in kleinen Tropfen aus allen Poren drängt. Es schreit ihm in die Ohren ein Wort, das er nicht versteht, jagt ihn im Kreise, heißt ihn springen und sich flach auf die Erde werfen wie einen tanzenden und schäumenden Derwisch, und es lacht gellend und peitscht ihn mit scharfem Schilf, bis es den Todmatten zuletzt auf den Grund zieht.

Ja, Lil – so dicht beim Sumpfweib bist du gewesen damals. Mein Liebling! –

Komm, wir wollen lieber dorthin schauen, wo die kleinen Dschungeln beginnen. wo der Faulbaum, der im Mai so überschwenglich blühte, festen Fuß fand, der Pihlbeerbaum, die Linden und Weißerlenbüsche. – Die Weißerle, die gilt ein wenig als Unkraut hier. Nein, schilt nicht. Das geht uns nichts an. Du bist eine hohe, schlanke Schwarzerle. Siehst du, dort neben der Esche. Die kann sich schon sehen lassen! Sie überragt die alte, morsche Königseiche um ein Beträchtliches. Und die Schwarzerle reicht ihr fast bis zur Stirn. Du reichst mir fast bis zur Stirn, Lil – Ask und Embla! Sieh, es ist alles in Ordnung. Ja, du hättest freilich im Frühling hier sein müssen, als alles durcheinander konzertierte: die Wein- und Singdrosseln und Sprosser. Die Rohrdommeln, die Meisen und Finken. Und die Singschwäne, Lil.«

Dann beobachteten wir einen Haubentaucher mit gefiedertem Helm, und zwischen den Schilfkolben das lächerliche Sumpfhuhn. Ein Fischadler kam, Lil seine Aufwartung zu machen. Oder ob er vielleicht doch den Blei im Sinne hatte? Wie ein mattsilbernes Messer schlug der Fischschwanz auf und nieder. Daß Fische zur Stummheit verurteilt wurden! Überhaupt Geschöpfe. In Leid und Beglückung ohne Laut . . .

Aber während wir noch staunten über diese unbegreifliche Härte der Natur, schien es, als ob drüben zwischen den Föhrenzweigen Türkisen ausgeschüttet würden, ein rechter Beutel. Ich meinte zuerst, es seien Mandelkrähen, deren es viele hier gibt. Aber es waren Blauracken. – »Hast du sie im Okular. Lil? – Ja, Lil, im Herbst wollen wir wieder hierher kommen, wenn die Brandenten und die Fuchsenten sich in Scharen zusammentun, und die Graugänse und Ringelgänse. Das ist die Zeit, wo der Herbann der Kraniche, Reiher und Störche hindurchreist und zuweilen auch Trappen und Kormorane. Ich erlebte dies alles im Frühling. Lil. Im Herbst wollen wir kommen, wenn die Hirsche röhren. Rothirsch und Elchhirsch, und im Frühling, wenn die Auerhähne singen!«

»Wie du ihn gebildet hast? Wie er der Pansflöte lauscht?« Lils Augen öffneten sich groß.

»Ja, Lil. Ja. Gerade so.«

Überhaupt im Frühling! Dann ist es vollkommen, als tauche man hinab auf den Grund verlorener Legenden. Man wartet immer, ob er nicht endlich heraustreten wird, zwischen den Stämmen heraus auf die Lichtung, der Urmensch mit langen, behaarten Armen und der dumpfen Frage der unerlösten Kreatur in den dunstigen Augen. Erzählte auch einmal jemand, es gäbe so etwas in der Welt, das hieße Berlin?

Aber nun mußte Lil essen. Es war 11 Uhr mitteleuropäisch. Der Normalwaldmensch hat um diese Zeit sein Haupttagwerk verrichtet. Und Lil bekam nicht einmal Bärenschinken. wiewohl das mein Ehrgeiz war. Wo nämlich der Elch zu Hause ist, sind Luchs und Bär nicht allzu fern. Nun, wir würden ihn schon einmal errufen, den starken Zottigen.

Aber dieses Stück Rehkeule war auch nicht so übel. Nur ein Besteck haben wir vergessen. Verzeih doch, Lil. Vielleicht wenn du mein Taschenmesser gebrauchtest? Komm, Lil, gib, denn es schneidet wie Gift. Auf diesem herrlichen Lattichblatt werde ich dir anrichten.

Es gab eine Zeit, Lil, als die Könige von goldenen Schüsseln ihr Fleisch mit den Fingern nahmen. Nicht wahr? Und der Moorteich wird dein schimmerndes Handbecken sein.

Ist dieses das Geheimnis des Moorteichs, daß er sie erlebt hat, die Jahrhunderte? Ein Jahrtausend vielleicht? Irgendeine kleine begrenzte Spanne auf dem uferlosen Zeitmeer?

Er weiß von den ungeheuren Wäldern, in denen die unsrigen hier nur eine winzige Insel bedeuten würden. Tausende von Meilen erstreckten sie sich, und der dumpfe Atem, den sie fortwährend ausstießen, klafterte turmhoch als Nebel über ihnen, daß kein Himmelsstrahl ihr schmerzhaftes Dunkel erlösen konnte.

Er hat sie vielleicht noch im Ohr, die Urschreie der Riesenhirsche mit ihren Gebäuden wie Waldbäume, und den schwarzen, zottigen Brunftmähnen. Ob er noch das wilde Schweifschlagen der Brontosaurier gehört hat? Sie waren höher als der höchste Wolkenkratzer der Großstädte, und hatten diese entsetzlichen, winzigen, hirnlosen Köpfe. Jedenfalls weiß er von den gelben Harzflüssen, die den turmhohen Leibern roter Föhren entquollen.

Aber all dieses Gewesene liegt um ihn her wie ein unermeßlicher Friedhof, und die Meere spülen darüber hin, der Rigaische Busen, der Bottnische, der Finnische und die blaue Ostsee, und sie bewahren auf ihrem Grunde das goldgelbe Föhrenblut als Bernstein. Und die Leiber der zusammenstürzenden Recken, das wilde Wachsen, das übermenschliche Keimen und Treiben – es wurde Moorerde. Es wurde Lebensgrund für neue Wälder und Tiere, neues Brodeln und Quellen, Drängen und Kämpfen, Hassen und Lieben.

Erinnerst du dich nicht daran, Lil? Es war lang vor der Zeit, als die Könige von goldenen Tellern und ohne Gabeln ihr Fleisch verspeisten. Aber erinnerst du dich nicht, als ganz dicht beim Pol der große Gletscher sich ablöste?«

»Wir flohen vor ihm«, sagte Lil glücklich und schnell. »Wir zwei. Du und ich im Haufen der andern, Ask und Embla. Ich erinnere mich wohl, wir hatten Mähnen wie rotes Gold oder von der Farbe des reifen Korns. Und wir waren bekleidet mit einem Wildschurz. Oder vielleicht mit einem ersten groben Linnenhemd, von mir gesponnen und gewebt.«

»Vielleicht, Lil. Vielleicht. Aber ich glaube es nicht einmal. Nein. Was wußten wir damals von der Blöße unseres Leibes? Seine Kraft und seine Schönheit war Kleides genug. Noch keine Bewußtheit hatte uns unterrichtet über Böse und Gut. Wir wußten nur, wie die Schwalbe weiß, wenn der Winter kommt. Und wir flohen aus dem blühenden Traum unserer tropenwarmen Heimat vor dem jähen Grauen der Kälte.

Und hinter uns drein zogen die Unerbittlichen: zermalmten Gebirge, zerbarsten Wälder, stürzten sich in Meere und verjagten sie, rissen Schrunde zu neuen Meeren, vertauschten der Erde Antlitz, und wieder und noch einmal und immer wieder. Und in allem Vergehen und jeglicher Wiederkehr, immer wir beide, Ask und Embla, du und ich.

Ja, sieh, wenn man nur lange genug hineinschaut, Lil, in den Moorteich, ist er nicht wie der Zauberspiegel? Siehst du nicht magische Dämpfe sein Blankes stumpf überwallen. Siehst du sie dahinziehen in den Dämpfen: Erdepochen auf Erdepochen: Jahrhunderte, Jahrtausende, Jahrmillionen – Lil, was ist der Mensch? –

Gering ist er in der Zeit, geringer als das winzige schwarze Pünktchen auf deiner Hand, die kleine Gnitze, mit dem unsichtbaren Stachel, die ich eben im Abstreifen tötete, weil sie dich quälen wollte, Lil. Ja, so sehr gering ist der Mensch! Und dennoch in ihm die unstillbare Sehnsucht, etwas hinüber zu retten aus seinem winzigen Einzelsein, in die Ewigkeit hinüber. Sollte unser Glück nicht ewig sein? Unsere Liebe? Und unser Leid? fragst du. Ach, Liebling, laß uns nicht vom Leid sprechen heut, da unsere Liebe blüht und duftet wie der Lindenbaum drüben am Rande des Bruches. und wie der Jelängerjelieber. Aber Lil, wenn du es willst: *alles, daran wir wachsen.* Ja, dies alles sollte doch unverloren sein!«

»Vielleicht müssen wir noch weiter suchen. Vielleicht ist hier in diesem Umkreis noch nicht die allerletzte Lösung beschlossen. Vielleicht müssen wir noch tiefer dringen als der Grund des Moorteiches? Oder ebensoviel höher? Nur, daß du zu mir gehört hast, Lil, von Anfang, daß wir einander verkettet waren in mystischer Kommunion, in den Ewigkeiten, das weiß ich. Und was aus den Ewigkeiten kam, als das Eine und Ungeschiedene, Lil, könnte es getrennt werden und untergehen in der Zeit?«

In dieser Nacht stiegen wir in unser Boot. das ich aus dem Pappelstamme gehöhlt hatte und das an der anderen Seite des Moorteichs befestigt war, und fischten mit der

Harpune. Später schliefen wir in der Höhle unter dem überwachsenen Wurzelballen des Föhrenstammes im Schutze unseres roten Lagerfeuers, und als Lil erwachte, standen Tränen in ihren Augen. Tränen des Glücks.

80/94

Nachher hatten wir nur noch zwei Tage. Zwei kleine Tage. Es wurde nun wohl Zeit. daß ich etwas über Eberhard erfuhr.

Lil erzählte mir, wie sie ihn kennen gelernt hatte, als junges, kaum siebzehnjähriges Kind. Die Tradition ihrer väterlichen Familie verlangte einen Gelehrten für sie zur Heirat. Jemand anders kam kaum in Betracht. Eberhard kam viel in die Familie als Freund der Brüder. Er war Archäologe. Und in diesem kulturgesättigten Elternhause Lils bedeutete er keine andere und neue Seiten der gegenüber man hätte Stellung nehmen müssen, sondern er fügte sich ein wie etwas Dazugehöriges, und als er um Lil anhielt, erschien es das Gemäße.

»Ich hatte damals freilich immer gedacht, irgend etwas ganz Besonderes müßte sich ereignen«, sagte Lil. »Das Wunder müßte zu mir kommen. Ich grübelte oft, warum die Zeiten vorüber waren, in denen es unter die Menschen trat. Früher, schien mir, war das Leben so unendlich viel farbiger und kostbarer. Aber wenn ich zu Mama so ein Wort äußerte, erschrak sie. Sie ängstigte sich vor allem, was jenseits einer bestimmten Linie lag. Jetzt weiß ich warum!« Lil seufzte. »Arme Mama!«

»Ja, das glaube ich jetzt«, sagte sie nach einer Weile. »Weil Mama meine frühe Heirat mit Eberhard eine solche Beruhigung zu bereiten schien, darum in der Hauptsache wohl ließ ich mich dazu bestimmen. Es war immer etwas in mir wie eine kleine heimliche Revolution. Irgendein geheimnisvoller Tropfen Blut, der eine Empörung verbarg. Ich hätte es nie erklären können. Und dieses Unerklärliche, das manchmal heraussprang in einem Wort, einem Urteil, einer Gebärde, die mich in irgendeiner Weise erlöste, für länger oder auch nur für den Augenblick, gerade das entsetzte die arme Mama immer so sehr. So ging ich natürlich von Mal zu Mal vorsichtiger damit um.«

»War es der Tropfen Blut, Lil, dessen Urahn hier in den ewigen Wäldern zu Hause war? Ein Tropfen Schwertritterblut? Wikingblut? Wage und Wunschblut?«

»Ich glaube wohl, Ask«, sagte Lil. »Und ich glaube, Mama wußte das auch. Sie dachte an ihre Jugend und Benjamin Rottmann. Sie ängstigte sich so sehr, daß ich dieselben Qualen durchkosten sollte, wie sie einmal. Ja, so war es gewiß. Nur daß Schicksale nicht aufzuhalten sind. Und daß kein Erfahren eines liebenden und angstvollen Mutterherzens dem Kinde den Opfergang abzunehmen vermag. Nur daß zuletzt Blut sich nicht zwingen läßt.«

Nun, ich sah Eberhard an diesem Abend so deutlich in seiner ganzen formgefesselten Art, auswendig und inwendig. Der schmale, schlanke, elegante Kavalier. Der Liebling der Damen. Der Gelehrte von Ruf, der mit unendlichem Fleiß zusammengetragen hatte Wissen über Wissen, ganze Berge voll Kultur aufgehäuft und als liebender und ordnender Verwalter sie rubriziert hatte. Ich sah ihn so deutlich in seiner heiteren beherrschten Güte, in seinem Glück, zu sammeln und zu bewahren. Das Unbequeme und Ungemäße mit demselben Pflichtgefühl wenigstens, derselben sachlichen Gerechtigkeit betreuen, auch wenn Verständnis und Liebe andere Wege gingen. Ich sah ihn bemüht, aus seinem persönlichen Leben wie aus seiner Ehe alles Befremdende, Problematische auszuschalten. Aufkommenden Konflikten nicht begegnend, um sie zu lösen, sondern mit freundlich unbeteiligten Worten über sie hinweggehend, als seien sie nicht. Nicht dogmatisch umschränkt, aber überhaupt nicht religiös gerichtet, und dennoch von einem Gefühl in seinem Leben bestimmt, dessen Strahl in eine überweltliche Heimat hinüberleuchtete: von dem Gefühl einer bedingungslosen Treue.

So erklärte sich mir auch das seltsame Widerspiel einer Persönlichkeit, die auf breiter sozialer Grundlage viele feine Züge menschlicher Güte offenbarte und dennoch im letzten Grunde unbeteiligt blieb. Im letzten Grunde weder Gesinnungsgenossen noch Freund, kaum seine Familie liebend, sondern allein seine Frau.

Ein Mann, der noch nie einen Gewissenskonflikt erlebt hatte, niemals in einem Exzeß sich verloren, in einer Verzweiflung oder einer Passion. Ein Mensch, gleich fremd der Ekstase des Guten wie des Bösen, gleich fremd dem Dionysos, der Madonna oder Lilith.

So erkannte ich Eberhard an diesem Abend, den Mann von Lil, aus allem, was sie mir von ihm erzählte. Es war bezeichnend für ihn, daß er aus einer Familie stammte, die seit Generationen nur Juristen und Altphilologen gekannt hatte. Und daß seine Archäologie bereits als Abwendung von der Linie aufgefaßt wurde. Aber da er sich schließlich nur mit der Klassik befaßte, mochte es ihm hingehen.

Kinder entstammten dieser Ehe nicht. Seit zwölf Jahren lebte Lil an seiner Seite als sein Arbeitsgenosse und Freund. Ihr Leben war reich und ausgefüllt, umgeben von seiner ständigen Zartheit und Güte. Und es wäre vollendet gewesen, wenn sie selber nicht, ohne es zu ahnen, in jenen Grenzgebieten der Seele zu Hause gewesen wäre, von denen Eberhard nur aus gewissen Kunstepochen begriff, daß sie irgendwo vorhanden waren, und an denen man, wie er meinte, am besten vorüberging, als an etwas Unnormalem, das am sichersten mit einem mitleidig freundlichen Lächeln nicht beachtet wurde.

Dies war Eberhard. Lil weinte an diesem Abend in meinen Armen. Sie weinte schwer und bitterlich und als ob sie nie aufhören könnte. Weil sie diesen gütigen, getreuen Mann nun bald für immer verlassen mußte.

Zuletzt kam unsere letzte Nacht auf der Wiese. Sie blühte noch leuchtender als die Nächte vorher. Sie war wie ein einziges Meer voll Rosen.

Lil hatte sich nicht auf ihr Mooslager gestreckt. Sie saß auf meinen Knien. Wie sie sich an mich festklammerte, war es, als solle ich sie behüten vor sich selber.

Ich hütete uns beide, allerdings, allerdings. Brüderlein und Schwesterlein?? Oh Lil –. Aber ich wußte, du würdest es nie überwunden haben, wenn deine Erinnerungen nicht schuldlos blieben. Und durften wir Raub am »Letzten« begehen, wenn das Letzte sich uns schenken würde, frei aus Gnade?

Bald. Lil! Bald, mein Liebling! Bald dürfen unsere heißen, dunklen Ströme in ihre Meere münden. Bald wird alles Aufgeteilte sich breiten wie ein Baum voll Segen und Frucht.

Die ganze Nacht hielt ich Lil auf meinen Knien. Zuerst redeten wir noch. Dann kannten unsere Lippen nur noch die süßere und tiefere Sprache. Und nachdem wir alles letzte

Wissen um uns selber jeder dem anderen eingebrannt hatten mit flammenden Siegeln, viel tausendmal, dann schlief Lil ein, in meinen Armen, und Gott allein wußte um den Streit, den ich auskämpfte – dieses hingegebne, geliebte Leben auf meinem Schoß. – Aber ich hielt sie ganz still und sanft, bis das strahlend weißblaue Licht des Sirius das ermattende himmlische Rosenrot ganz durchflimmerte.

»Lil,« sagte ich, wie sie die Augen öffnete, und zeigte ihr den Stern, denn eine Erkenntnis jäh und wundervoll hatte mich getroffen, »o Lil, ist auch dort oben die letzte Deutung, nach der wir am Moorteich vergeblich suchten? Sieh, den Sirius, er hat es möglich gemacht, die rosige Helle dennoch zu überstrahlen! Weil er so jung ist, Lil! Die meisten andern, die wir so lieben, könnten wir ohne die geschwärzte Glasplatte kaum erkennen. Die Nacht ist zu hell für sie. Ihre Mäßigung überflammt sie nicht mehr.

Aber der Sirius, Lil, er bedeutet die strahlende Jugend an unserm nördlichen Himmelsgewölbe. Eben erst, ich meine nur vor ein paar Jahrmillionen, hat sich aus Gaswolken ein rundlicher Ball entwickelt, und dieser Gasball zog sich zusammen, und seine gesteigerte Wärme ließ ihn eines Tages als Sonne aufgehen, als strahlenden Stern.

Willst du mir noch zuhören, Lil? Ich wußte es früher selber nicht sehr deutlich. In den Großstädten! Wer schaut über fünf Stockwerke hinweg! Wir kennen so viel besser die Lichtreklamen von Zigarren und anderen Firmen, oder den wilden Glanz der Bogenlampen über dem glitschigen Asphalt. Aber ich habe fleißig in Benjamin Rottmanns Büchern gelesen. Ich übte mit seinem Sextanten, dem kleinen Fernrohr und der Sternkarte, als wir noch wirkliche Nächte hatten.

Soll ich das Fernrohr herausbringen, Lil? Der Himmel, er liest sich wie der Roman unserer Liebe.«

Dann holte ich das Fernrohr und das geschwärzte Glas. Lil war in dem Götterhimmel Homers noch immer so viel besser zu Hause als an dem Firmament über uns.

Diese kindjunge Sonne, dieser funkelnde Sirius ließ uns nicht los. »Er ist noch ganz Weißglut. Eine einzige scharfe Gasflamme gewissermaßen. Erst wie sie sich abzukühlen beginnt, dunkelt sie herab in Gelb, Orange, und immer düsterer, wie der Algol z. B. Du siehst ihn nicht, Lil, so dunstig glimmt er bereits, wie ein ermattendes und verlöschendes Feuer.«

»Und nun wird der Algol eine neue Erde werden?«

»Ja, Lil. Sehr bald. In einigen oder vielleicht auch in mehreren Jahrmillionen. Es wird ihm ergehen, wie es unserm Erdstern erging, damals. Wenn seine Temperatur auf einen bestimmten Grad gesunken ist, wird sich eine Dunsthülle um ihn bilden. Er kreist dann nicht mehr so arm und nackt und bloß, sondern umgeben von seiner eigenen Atmosphäre. Und nun wird er erst geheimnisvoll.«

»Ach ja,« sagte Lil, »es ist immer das gleiche: die Atmosphäre um Dinge und Menschen. Darauf kommt es an. Aber dann ahnt er wohl zunächst nicht viel von dem, was los ist um ihn her?«

»Allerdings nicht, Lil. Nein. Gewissermaßen über seine eigene Nase kann er noch nicht hinaussehen, vermöge der Dichtigkeit seiner Dunsthülle. Aber gib ihm nur Zeit, nur wieder ein paar Jahrmillionen! Es kommt alles in Ordnung. Sobald der erste große Liebesakt vollzogen, da seine getrennten Wasser- und Sauerstoffe sich zusammengegeben und das Wasser bildeten. Sieh, jetzt beginnen die Epochen der Regengüsse. Lil, jahrtausendelang muß es jetzt regnen!«

»Oh«, sagte Lil. »Oh weh!« Ihre Augen sahen aus, als hörten sie die unermeßlichen Wasserfluten herniederdonnern und von der noch immer glühenden Erdkruste zischend zurückfahren, verdampfen, sich wieder zusammenraffend, trotzend, aufs neue herniederstürzend, sich einfressend tief in den großen glühenden Erdbauch, daß er zuckend unter Qualen seine Eingeweide als Gebirge herausstößt, und es dulden muß, wenn zwischen seinem brennenden und bebenden Fleisch die Wasser sich breit machen, die feindlich verruchten, und die Urmeere bilden.

»Ja«, sagte Lil eilig, und als müsse sie gleich rennen und mithelfen: »Und nun kommt der Kleinkampf, nicht wahr? – Das Waschen und Nagen am erkaltenden Gestein, das Abschwemmen hier und Aufhäufen dort, und die geschichteten Gebirge entstehen, die Grauwacken, oder wie sie heißen, und die arme junge Erdhaut reißt immer wieder an tausend Stellen, und die feurige Seele bricht heraus in Lavaströmen. Die Porphyre schießen herauf. Die Basaltkegel türmen, und die Luft wird durchsichtiger. Die Wasser sammeln sich an bestimmten Orten!«

»Oh Ask,« unterbrach sie sich staunend im Glück, »wie wörtlich die Schöpfungsgeschichte! Wie wörtlich die sieben Tage!«

Lils Augen wurden geheimnisvoll. Ihr Achatgrün wurde völlig golden. »Unsere sieben Tage!« murmelte sie. »Aber – das Leben!« rief sie plötzlich. »Ask, Jetzt kommt eine Lücke. Jetzt weißt du auch nicht weiter. Dies war alles schicksalhaft, scheint mir, ich kann es nicht ausdrücken, elementar. Gase, Dünste, Krustenbildungen, aber nun Leben – Leben?

Die Reife ist da, Pflanzen könnten entstehen, Tieren der Mensch, Wasser ist da, Erde, aber wo ist die Brücke zwischen Anorganischem und Organischem?«

»Lil, das ist es ja eben, das ist die Erkenntnis, die mir kam, als du erwachtest, als mein Blick den Sirius traf. Diese Erkenntnis erstarrte mich fast in Glück. Sieh, all dieses hat Menschengeist erforscht. Er kam selbst so weit, zu wissen, daß Leben auf einem erloschenen Erdstern dann entsteht, wenn eine andere noch glühende Sonne ihm nah genug ist. Wenn Wärme und Licht ihn bestrahlt, wenn – Liebe – ihn bestrahlt, Lil. Aber das Wunder des allerersten Lebens, das Geheimnis der Befruchtung, das Geheimnis des Keimlings in der winzigen Zelle – löst es sich dadurch? Begreift es sich? Ist die Antwort auf das große Woher, Wohin und Warum damit gefunden? Ach, Lil, das durchzuckte mich vorhin wie ein Glück, das fast schmerzte. Es wird ewig heißen müssen: und Gott sprach . . . Es ist kein Bindeglied vorhanden. Ewig wird der Abgrund klaffen zwischen den zwei großen Provinzen der Natur. Nie wird der Mensch lernen, Leben aus Leblosem zu erzeugen, wie die Sehnsucht der Jahrtausende sich darum zerrungen hat. Ewig würde die Fremde und Starre bestehen ohne das: und Gott sprach . . . Aber nun hat Gott gesprochen: sein ›Werde‹ gesprochen. Und aus geheimnisvollen Urgründen quillt eine Kraft. Die Materie belebt sich. Die Erde kann blühen und reifen.«

Wir schwiegen beide mit glänzenden Augen.

»Lil, und der Mensch? Sieh, der kreatürliche Mensch, ist sein Leben viel besser als Tod? Wie er in dunkeler Gebundenheit hinlebt, in Eigensüchten befangen, in der Erde verankert, im Fleisch verankert, und ohne jenseitiges Ziel? Er trägt den Funken in sich, aber wie der Stein ihn trägt, wie die Materie ihn trug: schlafend, tot. Und dann eines Tages, jäh bei dem einen, bei einem andern vielleicht langsam und in mühevoller Arbeit, schlägt der Stahl Gottes den Stein, und der Funke wird lebendig, der Geist lebt! Das ist das Damaskus der Seele, Lil. Wenn aus dem kreatürlichen Menschen der geistige wird. Er muß in der Erde wurzeln, so will es das ewige Gesetz der Natur, und anders kann er sich nicht offenbaren; aber nun kann er sein Erdhaftes hineinbeziehen in die höhere Forderung, das Ungemäße wird ihm das Natürliche. Alle Begrenzungen haben sich gelöst. Leib und Seele sind das neue Eine und Ganze und Vollkommene geworden.«

»Oh Lil« – ich hatte sie sanft auf ihre Füße gestellt; denn ich mußte neben ihr knien. Ich mußte ihre schmalen Knie mit meinen Armen umfassen und meinen Kopf an ihrem Schoß verbergen. Ich umfaßte in ihr zugleich alle letzten Dinge. Ich gab mich hin an den Urschoß alles Werdenden. Ich empfand meine Seele berührt vom Atem Gottes, daß mein schlummernder Funke selige Flamme wurde. Ich wußte plötzlich: Kunst und Anbetung und Liebe ist das gleiche. Nicht Tempelkunst in der gültigen Auffassung, oder daß ein Kunstwerk einer Kultstätte sich einfüge, ist seine letzte Bedingnis, aber daß es empfangen werde in den Schauern der Seele um Gott, im Kampf der Seele um Menschentum, und ausgetragen in Arbeitszeiten, zähe wie Fron und unerbittlich.

Gott! dachte ich. Gott! Werk! Liebe! Lil, Lil . . .

Dies war unsere letzte Nacht auf unserer Wiese im Walde.

Am Morgen nahm Lil Abschied von der Behausung, von jedem Stück. Ja, dies war Abschluß. Wenn unser »Zusammen« wieder begann, dachte Lil, so lag für sie etwas so Schmerzhaftes zwischen heut und dann, daß ich ihr wohl wie über einen Abgrund hinweg die Seile meiner Liebe würde zuwerfen müssen. Darum grub sie sich alles ein, auch die kleinsten äußerlichen Handhaben unseres innerlichen Erlebens.

»Und nun, Lil, nimm dieses Herz mit dir. Es kann nun nicht mehr hier bleiben ohne dich.«

Ich nahm das kleine silberne Herz, von meiner Mutter her, das an der Roßhaarschlinge unter dem Föhrenzweig hing, herunter. »Eigentlich müßte ich mir ein Fetzchen Linnen von meinem Hemd reißen, Lil, und müßte mich in den Finger stechen und dir drei Blutstropfen mitgeben, als Blutzauber. Aber du bist ja nicht die Prinzessin, die so weite Wege zu ihrem Prinzen geschickt wird auf der treuen Fallada und mit der ungetreuen Magd. Ich will wohl meine Prinzessin erkennen, wenn sie wiederkommt.«

Aber dies tat Lil: Sie schnitt eine kurze Strähne aus meinem Haar, da, wo es sich etwas lockt, über dem linken Auge, die band sie zusammen mit einem Seidenfaden und tat sie in das Herz. Nun bin ich mit dir, Lil, Seele und Leib. Bis du wiederkehrst. –

Sikras stand auf der Schwelle der Hütte, als wir uns auf den Weg machten. Ich hatte ihm Nahrung für drei Tage hingestellt. Dieser Abschied war schwer.

Aber als wir eben in den Wald einbiegen wollten, nach St. Olai zu, was war das? Kam es nicht aus der Ferne wie ein hoher und ein tiefer Ton? Der Gesang der Glocken am Kummet eines Pferdes? Auch in die trauervolle Ruhe von Sikras kam Erregung. Mein Gott, es fiel mir plötzlich ein: Heut war doch der Tag für Upsau und Milda. Jeden letzten Mittwoch im Monat kamen sie einmal heraus.

Da waren sie auch schon. Ja, da waren sie wirklich, alle beide.

Ich hieß Upsau, alles, was er mitbrachte, im Ziegenstall verstauen. Wir hatten nicht zu viel Zeit, wenn wir zur Post zurechtkommen wollten. Übrigens – er mochte uns ein Stück fahren. Dann war der Weg nicht so anstrengend für Lil. Ich schloß auf für Milda. Sie wollte indessen die Hütte reinigen. Wiewohl es mir schmerzlich war. Als ob die Gegenwart Lils dadurch erst völlig vernichtet würde. Lil gab Milda die Hand. Sie sagte ihr ein paar liebe Worte. Sie hatte sie sogleich erkannt.

Milda machte eine Verbeugung fast bis zur Erde und küßte den Rocksaum von Lil. Lil erschrak. Schmerz ging über ihr Gesicht. Mir war elend zumut. »Nicht, Milda. Nicht.« Wir bückten uns beide, sie aus ihrer Erniedrigung aufzurichten. Mildas Gesicht hatte einen eigentümlichen Ausdruck, wie sie von Lil zu mir sah. Plötzlich schien sie zu erstarren. Ihr Blick hatte den Föhrenzweig getroffen, von dem nicht länger das silberne Herz herunterhing.

Nun, jetzt eile ich besser in meinen Aufzeichnungen. Auch heut, nach zwanzig Jahren, scheint es mir besser zu eilen.

In Riga brachte ich Lil in das Hotel de Petersbourg. Ich bat sie, zu ruhen, während ich mir ein paar Dinge besorgte, die mir fehlten, um als städtisch und sommerlich gekleideter Mitteleuropäer eine Dame begleiten zu können.

Als ich nach einer Stunde etwa zurückkam, fand ich Lil nicht mehr auf der Couchette, wo ich sie verfassen hatte, sondern mitten im Zimmer stehend, mit dieser Blässe bis in die Lippen und in einer wunderlich gezerrten und zugleich versteinten Haltung.

»Was ist, Lil? Liebling, was ist?«

Ich wagte nicht, sie anzurühren. Irgend etwas verbat es mir.

»Eberhard ist hier«, sagte Lil mit einer Stimme von weit her. »Er ist seit gestern abend hier im Hotel. Er konnte es nicht mehr aushalten vor Sehnsucht nach mir. Eben als er von hier fortgehen wollte und sich auf die Fahrt nach Mitau begeben, wurde mein Koffer vom Hausdiener die Treppe hinaufgebracht. Eberhard erkannte ihn.«

»Ja, Lil«, sagte ich mit derselben fernen Stimme. »Also, er erkannte ihn. Weiß er, daß ich hier bin? Weiß er von mir? Weiß er von uns, Lil?«

»Nein!« rief Lil. Sie zitterte so, daß ich sie aufhob und zur Couchette trug. »Er weiß noch nichts.« Sie schlug die Hände vor das Gesicht.

»So will ich es ihm sagen.«

Aber Lil geriet außer sich. »Nein! Nein! Niemand kann es ihm sagen. Nur ich! Oh, Ask, er kommt gleich zurück!«

»So soll ich gehen, Lil?« Ich stand auf von den Knien.

In diesem Augenblick erschütterte ein ferner Geschützdonner die Fensterscheiben. Ah, so. Es war der Kanonenschuß, der den Krautabend einleitete, den Beginn der Mittsommerfeier. In diesem Augenblick würden wie feurige Lohe ungezählte farbige Wimpel, Flaggen und Fähnchen die Schiffsmasten hinaufzüngeln. Kein stolzestes Schiff und kein kleinstes Boot würden ungeschmückt bleiben. Jedes Laufseil unter den Rahen, jede kühnste Mastspitze würde in dem gleichen leidenschaftlichen Feuer aufbrennen und den eigenen Rausch und die eigene Schönheit dem flammenden Himmel entgegenheben.

Wie in langen stoßenden Wellen durchlief das Zittern fortwährend Lils Körper vom Kopf bis zu den Fußspitzen. Erblickten ihre geschlossenen Augen die inbrünstigen Farben der Lust, die wir zusammen erleben wollten? Hörte sie die Musik der Hunderte mit Laub und Blumen geschmückten Barken und Gondeln? Die wir zusammen hören wollten? Träumte sie von Sonnenbränden und Feuerbränden, die Ufer der Düna entlang, wenn aus dem verklärten Rosenrot und dem Perlblaß der Ferne es herüberwehen würde, süß und trauervoll wie Träume von Hochpunkten eines untergegangenen Zeitalters, Erinnerungen an eine große verblaßte Seligkeit? Ja, hörte sie über das Lachen und Brausen und Lallen der Trunkenheit hinweg die schmerzhaft schönen Sonnengesänge der Letten: Jan Ligho – Jan Ligho!

Plötzlich schlug Lil die Augen auf. Sie sprang herunter von dem Ruhebett mit beiden Füßen zugleich. Sie warf sich gegen mich mit ihrem ganzen Körper und umklammerte meinen Hals, als ob sie mit mir verwachsen müßte. »Ask und Embla!« sagte sie. »Ask und Embla!« Ihr Mund brannte als sie ihn mir gab, wie aufgebrochene Frucht

»Geh' jetzt!« Lil drängte mich plötzlich von sich. »Fahr' heim. Es wäre unerträglich. Du heut und morgen in Riga allein. Nein, ich könnte es nicht ertragen.«

Sie fing wieder an zu zittern wie im Frost.

»Du mußt jetzt gehen«. flüsterte sie eilig. »Eberhard kommt. Er will Mittsommer hier mit mir verleben! Da er mich nun einmal hier traf! Aber ich spreche zu ihm. Heute abend noch. Ich schreibe dir. In Sankt Olai . . . in drei Tagen holst da dir den Brief. In Sankt Olai . . .«

Ihre Stimme brach.

»Soll ich nicht hier auf die Antwort warten?«

»Nein, nein!« Sie weinte laut und schmerzhaft. »Geh' nach Hause«, bettelte sie wie ein Kind. »Du sollst nach Hause gehen!« – Plötzlich schien sie jeder Tropfen Blut zu verlassen. Sie strauchelte. Ich hob sie auf und trug sie in meinen Armen hin und her: »Lil, ach Lil!«

Nach einer Weile kam sie wieder zu sich. Als sie mein Gesicht über dem ihren erblickte, lächelte sie glücklich. Plötzlich fuhr sie zusammen: »Ask!« Sie schrie. Nachher glitt sie aus meinen Armen. Ihre Augen waren fast schwarz. Sie faßte meinen Kopf in beide Hände. »Ask und Embla«, sagte sie wie Schwur. Wir küßten uns zum letztenmal. Ich ging.

Auf der untersten Treppe begegnete ich einem Herrn. Sehr groß, sehr schmal, vornehm zusammengerafft. Der zwiespältige Ausdruck seines Gesichts, halb Erwartung, halb Beunruhigung, von Form gehalten und wie verschnürt. Lils Mann!

Dann war ich wieder in der Buschwächterhütte. »Zu Hause«, wie Lil gesagt hatte. Die Tage brachte ich so hin. Ich weiß es nicht mehr, wie. Die Nächte saß ich auf unserer Wiese, da, wo ich Lil auf den Knien hielt, als sie in meinen Armen schlief, und als wir über die Sterne sprachen. Und mir war jetzt, als sei ein allerletztes Geheimnis selbst an jenem Abend noch nicht gelöst worden. Und als stünde fern in perlmutternem Rosenglanz eine erhabene Gestalt in Flügel eingeschlagen; wie in die Sammetflügel eines Trauermantels. Aber ich kehrte mich ab. Ich wollte es nicht sehen. Ich wollte es nicht erkennen. Ich wollte es nicht annehmen, das allmächtige Leid!

Ja, dunkel und vielfältig sind die Wege des Eros. Die Süßigkeit der Liebe allein erschließt nicht die letzte Pforte. Alle Marter des Bluts muß angenommen und dargebracht und überwunden werden, bis das Leid als letzter Adel erkoren wird, bis Himmel und Erde und das Ich in die untrennbare Einheit verschmolzen.

Zwei Stunden vor Eintreffen der Post war ich bereits in St. Olai. Dann war auch dieses Warten überwunden. Ich erhielt den Brief. Es war ein lilagefütterter Umschlag. Er hatte einen schwachen Duft von Lil.

Ich ging in den Wald zurück. Ich lief. Sikras sprang nicht wie sonst in lautem Jubel um mich herum. Er lief schweigend ganz dicht an meiner Seite. Als meinte er, wir müßten fliehen. Ja, wußte ich nicht bereits alles und war auf der Flucht?

Nachdem ich wohl eine Stunde so gerannt war, mit dem uneröffneten Brief, riß ich plötzlich den Umschlag so heftig auf, daß ich auch das Briefblatt quer durchriß. Im Stehen las ich. An einen Föhrenstamm gedrückt. Und ich dachte, er spürte es, wie unsinnig meine Glieder schlugen. Es waren nur ein paar Zeilen. Lil schrieb, sie habe Eberhard alles gesagt, und er sei vollkommen vernichtet gewesen über der Idee, daß sie ihn verlassen wollte. Sie hätte nie gewußt, wie er sie liebte, und sie könne nicht von ihm gehen, wenn ihr auch selber darüber das Herz zerbräche. Ich möge ihr vergeben. Gott wolle uns helfen. Und das Herz, das silberne Herz, möge ich ihr lassen bis zum Tode.

Eigentlich könnte ich ja nun die kleine Reliquie öffnen und nachsehen, ob sie ein Geheimnis verbirgt. Es kam erst spät, das Herz. Lils Mann entschuldigte sich deswegen in einem beigefügten Brief. Er habe sich nicht entschließen können, es früher abzusenden. Seine Frau habe es in ihren letzten Tagen immer in der Hand gehalten.

Lil starb schon vor einem Jahr. Ihre Todesanzeige stand in einer der Zeitungen, die Aufsätze über mein Lebenswerk brachten nach der Münchener Ausstellung vorigen Sommer, die Kunstfreunde und Händler gewissermaßen hinter meinem Rücken veranstalteten. Hätte ich denken können, daß Lil sich daran freute, an dem Ruhm, der zuletzt einmal kam, und der mich selber so wenig berührte, um ihretwillen hätte er mich vielleicht fröhlich gemacht.

Nun, ich müßte aber doch noch die Zwischenstufen erwähnen, ganz kurz. Ehe es so weit war.

Die ersten Tage nach dem Brief ging ich wie ein Mensch, der einen Axthieb über den Kopf bekommen hat und dem sich alles verwirrte. Ich konnte keinen klaren Gedanken fassen. Alles war entwurzelt. Es gab keinen Halt.

Ich lief Tag und Nacht im Walde herum, am Moor, an all den Stellen, wo ich mit Lil gewesen, wo ich sie in meinen Armen gehalten hatte. Wo wir in unseren sieben Tagen unsern Himmel und unsre Erde erschufen, als in mystischer Vereinigung Leib und Seele einander durchdrangen und genossen, ohne das körperliche Allerletzte. Wo wir eins gewesen waren und die Vollkommenheit. Und immer war dieses Dumpfe über mir wie ein eiserner Helm.

Ob ich etwas zu mir genommen habe in diesen Tagen, erinnere ich mich nicht. Wenn es geschah, so war es, wie ein Urmensch ein Stück rauchendes Fleisch hereinschlang, sein bares Leben zu fristen, wild, gierig, böse.

Sikras war immer bei mir. Auch er sah wild und struppig aus. Böse nicht.

Einmal, als das Dumpfe, der eiserne Helm, Miene machte, sich in meine Gehirnschale einzudrücken, als ich sie schon ganz weich fühlte und den Druck spürte bis in die Herzgrube herunter, hieb ich mir den Flintenkolben über die linke Hand. Als sie blutig und klumpig vor mir lag, der Mittelfingerknochen zerknickt, konnte ich wieder atmen. Ich schiente den Finger ganz ordentlich, daß er nur steif blieb in Zukunft. Aber was weiter werden sollte, wußte ich noch immer nicht.

Am siebenten Tage stand Milda vor dem Buschwächterhause mit ängstlichem Gesicht.

»Was willst du schon wieder, Milda? Wo ist Upsau? Was wollt ihr?« Ich schrie sie an.

Ihre stumpfen Augen, die eine schwermütige Schönheit bekommen hatten in diesen Monaten, füllten sich mit Tränen. Sie deckte die Hand darüber. Upsau sei nirgend. Sie sei allein. Warum sie gekommen sei, wisse sie nicht.

Ich stand ihr gegenüber, wie sie die Hände noch immer vor das Gesicht geschlagen hielt. Ihr Körper zuckte wie in unerträglichem Schmerz. Nun, in mir, auch in mir zuckte etwas wild und unerträglich. Da nahm ich sie.

Dann kam die allertiefste Zeit. Es kam eine Art kühle, grausame und kritische Ruhe über mich. Ich vergaß zuerst vollkommen, was ich Milda angetan hatte. Ich vergaß die erschütternde Demut ihrer Hingabe, die Schmerz und Beseligung zugleich war. Denn erst später erfuhr ich die Zartheit des Seelengespinstes in diesem groben Körper. Ganz tief und unterbewußt hatte Milda alle Zusammenhänge empfunden. Aber ich erinnerte mich nicht mehr an sie. Durch die Erlösung des Blutes war die Seele nicht frei geworden. Es hilft nichts. Sie gehören zusammen, die beiden. Gott weiß, wo sie war, meine Seele! Bei Lil? Ich weiß es nicht. Meine Hände aber, meine rechte allein, die linke war noch unbrauchbar, meine rechte bildete in diesen Tagen wie außerhalb meiner einen Kopf. Einen Frauenkopf. Es war Lil. Aber es war nicht Lil, die ich geliebt hatte. Es war eine fremde Lil. Alles Geheimnis, alle Lockung und alle Grausamkeit war in ihr. Alle Süße und die Sünde wider den Geist: es war Lilith.

Als ich den Kopf vollendet hatte, kam Trauer über mich. Wie der Tod. Ja, es war wie der Tod.

Sikras verließ mich nicht einen Augenblick. Ich glaube, er wußte. Sikras war mein Freund. Vielleicht, daß ich ohne ihn der Lockung des Drillings nicht widerstanden hätte.

Auch aus dieser Zeit weiß ich nicht sehr viel zu erinnern. Aber damals schoß ich den Wolf kalten Blutes. Und später ebenso den Damhirsch. In einer nadelscharfen und weißverwolkten Nacht hatte ich sein Röhren gehört und den Kampf mit dem Nebenbuhler. Alle die Urschreie waren mir ins Blut getreten. Das wilde Keuchen, das Prasseln und Dröhnen und die Wut der Leidenschaft. Als der feiste Platzhirsch den andern abkämpfte und seines älteren Rechtes am Tier zornig und sieghaft genießen wollte, da legte ich an auf den Platzhirsch. Er brach zusammen im Feuer. Aber er raffte sich auf. Und während die Tiere laut schreckend abgingen, machte er ein paar wilde Fluchten in die Dickung. Sein riesiges Gebäude fegte und krachte und knatterte noch eine Weile. Dann war alles totenstill. Ich kümmerte mich nicht darum. Ich – kümmerte – mich – nicht. Ich wußte, er hatte genug. Wie lange er noch weidwund ging, das war seine Sache. Ich ließ ihn verenden, wo und wie er mochte. Wie den Wolf. Ich ging nie wieder an diese Stelle des Waldes. Mir war, ich hatte dort einen andern umgebracht. Zweimal. Einen ganz andern. Aber dieses Morden befriedigte mich nicht. Es ließ mich ganz kalt. Meine Seele war erfroren. Kein Blutrausch erweckte sie mehr.

Es ging auch nur flüchtig durch meinen Sinn, daß Milda die nächsten Male nicht mit Upsau kam. Ich versuchte ihn loszuwerden, sobald ich konnte. Wir hatten nun schon die letzten Septembertage. Die Wiese war längst kein Aufenthalt mehr für die Nacht. Ich saß aber täglich am Moor, stundenlang, und beobachtete die Vogelscharen, die sich zu der großen Reise sammelten: Störche, Brachvögel, Kormorane, Trappen, Wildgänse und Singschwäne. Als die Kraniche kamen, eine perlblasse Eins über dem Gold der Wälder, fiel mir ein, wie ich sie vorausgeahnt hatte damals als Abschiedsgebärde dieser verflossenen Zeit. Zum erstenmal schien Lil zu mir zurückzukehren, und was wir gesagt und getan hatten. Aber es war doch so, als ob andere es gesagt und getan hätten; es folterte nicht, und es erlöste nicht. Meine Seele blieb fern und erfroren.

Einmal ging ich und wollte die Wurzelhand der Orchis ausgraben und sie in fließendes Wasser werfen, da Lil doch nicht recht behalten hatte. Aber die Wiese vergilbte bereits. Ich fand den Zauber nicht mehr.

Im Oktober kam Milda das erste Mal wieder mit heraus. Ich mußte sie ansehen. Irgend etwas in mir zwang mich. Ihr Gesicht war wieder ganz Hingabe, ganz Schmerz und Beseligung, und zugleich stand eine demutsvolle Bitte um Vergebung in ihrem Ausdruck. Ich wurde erschüttert von diesem Blick.

Ich veranlaßte Upsau, in den Wald zu gehen und mir einen Baum auf Wintervorrat zu fällen. Als er fort war, redete ich zu Milda. Sie erglühte, und Tränen traten in ihre Augen. Sie hätte nicht kommen wollen; sie hatte gefürchtet, daß ich es nicht gern sehen würde. Aber Upsau hatte sie gezwungen. Mit Schlägen. Ich hatte nicht Branntwein mit ihm getrunken und vergessen, ihm ein Geldgeschenk zu machen die letzten Male. Er meinte, es geschehe, weil Milda nicht mitgekommen war.

»Und sonst, Milda?« fragte ich. Ich hatte meine Hand auf ihre Schulter gelegt. »Wie geht es dir sonst?«

Ein unsagbarer Ausdruck von Sanftheit, Ergebung und Glück ging über ihr armes Gesicht, so daß es schön wurde: »Gut geht es, gnädiger Herr«, sagte sie. »Das Kind wird stark und schön werden. Möge es ein Knabe werden, gnädiger Herr, und Euch gleichen, daß ich mein Glück an ihm sehe!«

Um mich kreiste etwas: »Milda!« Ich schüttelte sie an den Schultern.

Sie erschrak. Sie begriff gar nicht. So lange Jahrhunderte, so grenzenlos war Frauentum gedemütigt worden, daß sie mich gar nicht begriff.

Diese Nacht war die allerdunkelste meines Lebens. Aber am Morgen konnte ich weinen, und meine erfrorene Seele wurde wieder lebendig.

Einen Monat später habe ich Milda geheiratet. Das Kind war ein Knabe, und vielleicht glich er mir. Aber er kam tot zur Welt zum Schmerz seiner Mutter. Sie hat mir kein anderes Kind geboren. Ich habe sie nie geliebt, aber sie war mir heilig, wie Erde heilig ist.

Ich lebte mit ihr in den Wäldern. Ich hatte uns mit geringer Hilfe von Krougschen Leuten und auf Krougschem Grund ein Häuschen gebaut. Dort lebte ich nicht viel anders als vorher, mit Jagd und Arbeit und Kunstschaffen. Ich schickte einmal etwas auf Ausstellungen, aber es wurde kalt lächelnd zurückgewiesen. Nun, ich hatte Zeit. Mir gründete das Werk sich immer tiefer ein. Ich wußte, ich konnte warten.

Als Milda fünf Jahre bei mir war, starb Sikras, alt, müde, halb blind, aber feurig liebend noch im letzten Augenblick.

Milda war glücklich. Sie diente mir demütig und leidenschaftlich ergeben bis zu ihrem Tode. Ja, bis zum Tode.

Als 1905 die Revolution reif war und das Äxtchen aufblitzte und das Blut den Terpentinbach herunterfloß – Herrenblut – kam Upsau mit einer Mordbrennerschar zu mir heraus. Er war vom Schwindel erfaßt. Er vermutete Geld bei mir. Sie waren alle betrunken. Als sie kein Geld fanden, zerschlugen sie alle meine Skulpturen, das ganze Werk von dreizehn Jahren, auch den Auerhahn, wie er der Pansflöte lauschte. Zuletzt wollte Upsau mich selber erschlagen mit seiner Holzaxt. Ich begriff es erst, als Milda sich bereits zwischen ihn und mich geworfen hatte und den Schlag aufgefangen. Ihr Blut ernüchterte ihn, und er floh mit seinen Spießgesellen.

Ich begrub Milda im Walde wie Sikras. Ich konnte mich nicht entschließen, nun länger dort zu bleiben. Mitzunehmen hatte ich nichts als mich selber – nur – ich war vielleicht ein wenig gewachsen in diesen Jahren.

Ich ging zurück nach Deutschland und führte zunächst ein Wanderleben. Das geheimnisvolle Gesetz, das immer über mir gestanden hatte, dieser Tropfen Wikingblut gab nicht Ruhe. Der Ozean der Wälder war groß gewesen, voller Abenteuer, voller Offenbarungen und voller Erschütterungen. Und der Ozean meiner Liebe . . .

Ja, dies war wohl der Grund, daß ich so lange ein Heimatloser und Wallfahrer bleiben mußte; weil jenes Boot nicht in seinen Hafen gelangte. Das Ziel meines Kreuzzuges bescherte mir ein leeres Grab. Aber ich war ausgezogen nach dem Gott, der Liebe heißt. Nun trieb es mich aufs neue, den Ozean des Lebens zu erproben. Es waren noch viele fremde Küsten zu erobern. Aber an jeder habe ich als letzten Fund mich selber entdeckt, einen neuen Zug meiner Wesenheit, höher oder auch niedriger, als ich mich vorher gekannt und eingeschätzt hatte. Denn ich zog sie unerbittlicher als früher, die fremden Wege, kühner und härter entschlossen zum Erleben und auch zum Erleiden, damit mein eignes Menschentum zwischen Hammer und Amboß und fressender Glut zuletzt sich zum Ringe runde und stark genug werde, mein Werk zu tragen, und daß der Pulsschlag eines heißen, blutenden und dennoch ungebrochenen Herzens dieses Werkes Pulsschlag sei.

Ich habe mich niemals des Frevels bloßer Lebensneugier schuldig gemacht. Was mich lockte oder jagte, war immer ein himmlischer Stern oder eine dämonische Geißel. Immer folgte ich einem höheren Gesetz. So glichen meine Wege oft genug jenem Weg durch die kurischen Wälder, den ich bei mir den »Tunnel« genannt hatte, und den man nur mit der Axt in der Hand, mit zerrissenem Gesicht und oft genug auf dem Bauche kriechend wie ein Tier zurücklegen konnte. Aber immer war am Ende solcher Wege ein Ausblick, irgendeine aufleuchtende Ferne und ein Rauschen vom Brunnquell des Lebens. Und was es auch war, das sich mir erschloß, ein ganz Hohes oder ein ganz Tiefes, ich brachte ein feineres Verstehen mit als Lebensfracht, ein schmerzlicheres Miterleiden, den Willen härter, und tiefer die Demut vor dem Unerforschlichen.

Aber dieses nahm ich als das letzte und geheimste Wunder: Welche Wege ich auch beschritt, wem ich mich auch hinschenkte, völlig und ohne Vorbehalt, niemals habe ich mich verloren. Ein Unantastbares blieb. Um dieses Allerinnerlichste stand wie die

Waberlohe der Sage immer ein undurchdringlicher Ring, der nach jedem Erleben nur stärker und tiefer glühte. Und in dem Herzpunkt dieses mystischen Kreises war ich ganz allein mit meiner Sehnsucht nach dir, Lil. – Nur wenn ich es bedenke, so war diese Sehnsucht nach dir zugleich die Sehnsucht nach Gott oder auch nach der eignen Vollkommenheit, und an dieser dreifältigen Sehnsucht wuchs und reifte ich langsam.

Jetzt lebe ich schon länger als ein Jahrzehnt in dieser Stadt dunkelglühender Backsteingotik mit dem Salzgeruch vom Meer herüber. Hier, wo die Kathedralen sehr tief und wuchtend dem Erdhaften verwurzelt sind und wo die Türme dennoch die kühnsten Übersteigerungen wagen, erschien mir die Todeslinie zwischen Diesseitigem und Jenseitigem zuletzt überbrückt, so daß die Stimmen beider nicht länger wie Kampfschreie gegeneinandergellen, sondern sich zu dem neuen und größeren Rhythmus vereinen. In den fränkischen Städten mit ihren Ekstasen des Hausteins hatte ich mich einstmals vergeblich um eine Erkenntnis zerrungen, die mir nach den Jahren des Erlebens und vielen strengen, einsamen Arbeitsjahren hier zuletzt in den Schoß fiel wie eine reife Frucht. Ich begriff, daß eine Gedanken- und Gefühlswelt sich ausgelebt hat: nämlich das individualistische Zeitalter mit seinen sehr stolzen und dennoch sehr armen und bangen Vereinzelungen. Der Garten der Kultur übersteigerte seine Leistungen. Er hat uns vollkommene Frucht getragen. Nun aber blieb sein letzter Sinn nicht länger die Frucht, sondern allein die Blüte. Bald hat er ausgeblüht. Es gilt, den neuen Acker zu finden für den neuen starken Lebensbaum. Die Zeit ist voller Angst und Warten. Wie ein Weib wartet in der Angst und in der Sehnsucht, wenn sie gebären soll. Wir stehen vor einem Wandel des Weltgefühls, und wie noch jedesmal, wird die große Stilwandlung damit verbunden sein. Noch viele dunkle und wirre Wege wird die Menschheit gehen müssen, bis sie das neue Ziel erkennt. Ob eine Persönlichkeit sie führen wird – ein Werk – ein Ereignis – Gott weiß es. Aber wenn er, wie bei mir, das allmächtige Leid die Hand ausrecken heißt, so wird, wie bei mir, die allmächtige Liebe die andere Hand fassen. Denn alle letzten Dinge sind ungeschieden.

Wenn dann die Menschheit das Wesentliche wieder fand und es für das neue Gesetz hält und für das noch nie zuvor Erkannte, so wird es doch nur das uralte und ewige sein. Denn allein die Form und der Ausdruck wechseln, das Wesentliche ist immer das gleiche. Vielleicht aber wird der einzelne oder das Volk, das bestimmt ist, wieder dem, was hinter den Dingen steht, am tiefsten nahezukommen, zuvor am tiefsten leiden müssen.

Es wird in der Kunst nun nicht mehr lange um Einzelerlebnisse gehen oder um ein Volksschicksal, ja nicht einmal mehr um die Menschheit an sich, sondern um alle drei nur insofern, als sie den ewigen Bindungen verankert sind. Um das All schlechthin wird es sich handeln oder auch um das Mysterium. Des Menschen Herz ist wieder sehr unruhig geworden, und es wird so lange wandern müssen, bis daß es die alte Heimat erreicht: Gott. Wenn die Menschheit in diesen Urgrund zurückfand, wird auch ihre Ursprache, die Kunst, wieder allen verständlich sein, denn das Überzeitliche ist eine Achse, um die eine ganze Erde wohl zu schwingen vermag.

Was mein eignes Werk anlangt, so wäre zu sagen, daß ich nach meiner Übersiedlung hierher sofort die Arbeit anfing, und zwar erstand mir an dem ersten Tage und in der ersten Nacht noch einmal Lilith und die schenkende Mutter Gottes. Und beide waren Lil.

Seither hatte ich eine große stille Freude. Ich wußte, in niemals ruhender Arbeit und strengster Selbstzucht würde es mir zuletzt gelingen, die Einheit alles Seins in mir zu vollenden und in meinem Werk auszudrücken. –

Ja – selig sind die großen Einsamen. So weiß ich es heute. Denn allein in der letzten Stille erlauscht sich das Wesen des Werkes.

Selig sind die, denen das Blut wie ein fressendes Feuer durch die Adern rinnt. Denn in dem Brand ihres Blutes werden sie das stählerne Gerüst ihrer Flügel schmieden.

Selig sind, die den Baum ihres Menschentums niemals versäumten. Denn woher sollte dem dürren Ast die reife Süße der Frucht wachsen?

Selig sind die, welche erleiden durften. Denn ohne die Würde des Leides hätte ihr Werk nur ein halbes Angesicht.

Selig sind die, zu denen die Liebe kam wie der eilende Rausch vieler Frühlinge. Denn die Kelter des Herbstes wird aus ihrem Heimweh den Wein pressen, der den Gott in sich birgt.

Selig sind, die sich vor keinem Wege fürchteten. denn auf jedem Wege erlauschten sie ihrem Liede einen neuen Ton.

Selig sind die großen Heimatlosen auf Erden. Denn ihr Zuhause ist die Ewigkeit.

Nun ist es wohl so weit, daß ich das silberne Herz öffnen darf.

Nachschrift.

Als ich auf die Feder unter den gekreuzten Fackeln drückte, fiel mir die Haarsträhne entgegen, die Lil damals mir abschnitt. Sie war mit einem lichteren Strähn verflochten, dessen Glanz und Farbe ich so schnell erkannte. Auf einem Papierstreifchen stand mit verblaßter Schrift:

»Ask und Embla.«

Ja, selig bin ich gewesen, Lil, da ich dich liebte und um dich litt. Denn aus Halten und Hergeben erwuchs mein Werk. Ich grüße dich, Lil, aus der Tiefe und der Fülle meines Wesens!